『暗黒邪神教の洞窟』

大司教が体をめぐらし、自身の右背後にすわるジョウを指し示した。
（184ページ参照）

ハヤカワ文庫JA
〈JA942〉

クラッシャージョウ④

暗黒邪神教の洞窟

高千穂　遙

早川書房
6389

カバー／口絵／插絵　安彦良和

目次

暗黒邪神教の洞窟

プロローグ　カインの惨劇

1

最初、それは雷鳴に似ていた。

自宅のダイニングで朝食をとっていたオニールは、眉をひそめて時計を見た。

月曜日の午前八時二十一分。

降雨の予定はない。当然である。月曜日のこんな時間に降雨の予定を組むはずがなかった。何かの手違いだろう。オニールはそう思った。

食事を中断し、気象管理局に電話を入れてみた。おっくうではあったが、一応、これもかれの職務に属することだ。気がついたら、やらなくてはならない。

女性の顔が映った。交換手である。

「大統領筆頭秘書官のオニールだ」オニールは早口で言った。

「局長に至急、訊《き》きたいことがある。呼びだしてくれ」

よほどあわてたのだろう。みなまで言い終わらないうちに画面が交換手からパターンアニメに変わった。しばし待つ。すぐに映像が切り換わった。でっぷり太った男のバストアップになった。気象管理局局長のスナイダーだ。

「ミスタ・オニール」スナイダーは愛想《あいそ》笑いを浮かべて、言った。

「どうしました？　こんな時間に」

「局長、雷鳴が聞こえています。臨時の降雨予定でも入ったのでしょうか？」

オニールは、にこりともせず、訊いた。

「雷鳴ですと？」スナイダーは大きく目を見ひらいた。両頰に余っている肉の塊《かたまり》が、ゆさゆさと揺れた。

「それは、何かの間違いです。きょうの首都圏は、終日快晴、微風ということになっています」

「しかし、現にわたしは聞いた。あれは、たしかに雷の音だった」オニールは首を横に振り、スナイダーを睨《にら》むように見た。

「予期せぬ気圧変化などによる自然発生ということも考えられるはずだ。わたしはすぐに調査をするべきだと思う」

「ですが、原理的にみても」

と、そこまで言ってスナイダーは口をつぐんだ。逆らうには相手が悪い。大統領筆頭秘書官の権力は絶大だ。へたをすると、スナイダーの首が飛びかねない。

「わかりました、ミスタ・オニール」スナイダーは不承不承、言った。

「さっそく調査して、報告しま――」

とつぜんだった。そこでいきなり、通話が切れた。画面がホワイトノイズで真っ白になった。音声も消えた。

「ちっ」オニールは舌打ちした。

「なんだ、これは？」

憮然《ぶぜん》としてつぶやく。気象管理局のつぎは通信管理局の不手際だ。きょうは連続してトラブルが起きる。行政システムのどこかに、大きな問題点があるらしい。

不通になったのは、電話回線だけではなかった。通信ネットワークすべてが機能停止していた。この状況では、どの端末を用いても、管理局を呼びだすことはできない。やむなく、オニールは外出のしたくにとりかかった。こうなったら、各省庁に直接出向いて責任者を吊しあげるほかはない。

悪態をつきながら、オニールは服を着替えた。きょうは大統領の個人的な都合で、午前十一時までに登庁すればいいことになっている。それまでの優雅な時間が、すべて吹き飛んだ。予想だにしなかった予定変更に、オニールはひどく機嫌を害した。いらつき、うなり声をあげた。

その耳に。

また雷鳴が聞こえた。

違う！

オニールの背筋に戦慄《せんりつ》が走った。全身の動きがぴたりと止まった。

あれは、雷鳴ではない。

スナイダーの言ったとおりだ。あの音は、雷とはべつのものだ。

何かが爆発し、崩れ落ちる音。そういう音に、むしろ近い。

爆発音？

オニールはとまどった。なぜ、そんなものがえんえんと鳴り響いているのか？

音の間隔が短くなった。ひっきりなしに轟《とどろ》きはじめた。いまはもうはっきりと爆発音として耳朶《じだ》を打つ。それ以外の音には聞こえない。音は連続してつづく。間がなくなった。それどころか、音と音が重なり合っている。そこに、今度は甲高《かんだか》い電子音が加わった。これは警報音だ。パトカーや消防車が発するサイレンだ。

「何が起きたんだ？」

オニールはテレビのスイッチを入れた。しかし、その画面は電話のそれと同じで、ホワイトノイズしか映さない。ネットワークが、完全に死んでいる。

オニールはうろたえ、あわてて周囲を見まわした。窓と、それにかかるカーテンが目に入った。爆発音はすでに振動を足裏に強く感じるほど近くなっている。高台に建てられているオニールの家の窓からは、あたりの様子を見てとることができるはずだ。

オニールは壁ぎわに走り、そこにはめこまれているコントロールパネルのボタンをいくつか押した。天井のシャンデリアが煌々《こうこう》とつく。部屋中にマルチチャンネルステレオで、甘いムード音楽が流れる。指が震えて、スイッチを正確に操作できない。

ようやくカーテンがひらいた。

オニールは窓外の光景に視線を移した。

はじめに視界を覆ったのは、真紅の色彩であった。燃えさかる猛火が天空一面を緋色《ひいろ》に染めた。青いはずの空が、赤い炎で完全に埋めつくされている。

オニールは頭部を打たれたような強い衝撃を感じ、よろよろと後方に退った。遠くに黒煙が見える。炎上しているのは、この近辺だけではない。黒煙の方角にあるのは、首都ニルヴァーナだ。七十キロ彼方の都市から立ちのぼる黒煙が、はっきりと視認できる。

それが何を意味しているかは明らかだ。

「大統領」

思わずつぶやき、オニールは窓の前から離れようとした。と、その目が天の一角に釘づけになった。紅蓮《ぐれん》の炎が照り返す赤い空に青白く輝く光の点がある。

「あれは？」

オニールは瞳を凝《こ》らした。光点は見る間に大きくなる。どうやら猛烈な速度で地上へと向かっているらしい。

「火球！」

オニールの顔面がひきつった。青白い火球。見覚えがある。大統領とともに参列した連合宇宙軍の創立記念大演習で、オニールはそれを見た。

大口径ブラスターのエナジーボール。

火球が炸裂《さくれつ》した。オニールの家から五百メートルほど離れた住宅地の真ん中だった。巨大な炎の塊が大きく広がり、何棟もの家がバラバラに砕けて飛び散った。鼓膜を聾《ろう》する爆発音と爆風が、オニールの眼前の窓ガラスを叩き割る。吹きこんだ火の粉がオニールの髪を焼く。ガラスの破片が顔面の皮膚を切り裂いた。

オニールは悲鳴をあげ、床を転がった。ソファの蔭へと逃げこんだ。どおんという衝撃が、横臥《おうが》したオニールのからだを強く突きあげる。また火球が落下した。今度は少し遠い。

攻撃を受けている。

何が起きたのかを、オニールは知った。ソファにしがみつき、オニールはがたがたと震えた。口腔《こうこう》が乾ききってひりつく。声をだそうとするが、意思が言葉にならない。

カインが何ものかに襲われた。それも高々度からのブラスター攻撃だ。犯罪とか、そういうレベルの非常事態ではない。

オニールは自分で自分を鼓舞《こぶ》した。

立て。オニール、立つんだ。立って、外にでろ！

両手で上体を持ちあげ、オニールは身を起こした。膝がわらう。なかなか立てない。ソファの肘掛けにつかまり、必死で直立する。気がゆるむと、へたりこみそうだ。オニールはへっぴり腰で、そろそろと歩を運び、玄関のほうへと進んだ。

ドアをあけ、屋外にでた。外はもう火の海だ。ごうごうと燃えさかっている。家という家がすべて炎上し、ざっと見ただけでも、何百人という人びとが泣き叫びながら、あたりを逃げまどっている。倒れたまま、ぴくりとも動かない人も多い。

舞い散って、充満している火の粉を避けるため、オニールは上着を頭からすっぽりとかぶり、庭を一気に駆け抜けた。右手にガレージがある。その中に飛びこんだ。

エアカーに乗った。例外的に許可されている自家用エアカーだ。惑星国家カインでは、都市部でのエアカーの使用が厳しく制限されている。シティカーをはじめとする公共交通網の整備が行き届いているからだ。道路混雑のもととなるエアカーはほとんど個人所有を許されていない。オニールは大統領筆頭秘書官という地位にあるということで、自家用エアカーの保有が認められた。しかし、ふだんはまったく使用しない。登庁するときも、一般市民と同じくシティカーを利用する。エアカーは非常時専用だ。

オニールは、エアカーを発進させた。おそらく、シティカーは運行不能に陥《おちい》っている。通信のそれ同様に、運行システムも停止状態にあるはずだ。地下を走るリニアモーターカーも動いているとは思えない。こんな攻撃を受ければ、煙と炎が渦を巻いて地下トンネル内に入りこむ。市民が地上で右往左往しているのが、その証しだ。シティカーもリニアモーターカーもシステムダウンした。だから、誰も避難することができない。

見通しが甘かった。

オニールは唇を噛《か》んだ。が、そのことで誰かを責めることはできない。こんなことはありえないことだった。いまのいままで、カインが外部から予告もなしに、ブラスターによる一斉攻撃を受けることがあると考えた者は、ひとりもいなかった。オニール本人も、そのような事態を想像したことが一度もない。

オニールは、エアカーの出力を全開にセットした。高度が急速にあがっていく。エアカーの高度はハイウェイで十五センチと定められているが、こんなときに法律の遵守《じゅんしゅ》などできはしない。オニールのエアカーは非常用なので、エンジンがチューンされている。全開にすれば、地上二十メートルまでの上昇が可能だ。

エアカーは、炎と炎の間隙《かんげき》を縫《ぬ》って飛んだ。ブラスターの火球が間断なく降りそそぐ。高度をとって、より見通しがきくようになったせいだろうか。落下する無数の火球に、

エアカーが囲まれている。まるで炎の集中豪雨だ。オニールは眼下に目をやった。自分の家が猛火に包まれている。どうやら火球の直撃を受けたらしい。

オニールはエアカーを必死で操った。順調な飛行とは、とても言えない。火災によって発生した強い上昇気流が、エアカーの安定をおびやかしている。そのバランスをとるため、上昇と下降を頻繁《ひんぱん》に繰り返す。燃料メーターのゲージが、急速に下がっていく。さらには、黒煙の塊が、行手を阻む。視界が覆われ、ときおり何も見えなくなる。そのたびに、オニールはエアカーを反転させる。しかし、それでも、地上を行くよりはましだ。

オニールの目に映っている地上は、阿鼻叫喚《あびきょうかん》の地獄だった。上空に舞いあがった瞬間から、そのさまが視野に飛びこんできた。幼子をかばったまま火に焼かれる母親、崩落する建物に圧《お》しつぶされる人びと。それは、まさしく酸鼻《さんび》を極める光景だ。それ以外の何ものでもない。

オニールは地上を映すスクリーンの映像をオフにした。頭上にかれのエアカーを認め、泣き叫びながら手を振った五、六歳の少女が、炎に包まれて倒れ、息絶えた。その姿を見た直後に、オニールはコンソールデスクを拳《こぶし》で殴《なぐ》った。スイッチが砕け、スクリーンのひとつがブラックアウトした。

操縦レバーを両腕で強く握り、オニールは、紅《くれない》に燃える空の一角へと視線を据《す》えた。

不気味な色だ。鮮血を撒《ま》き散らしたかのように見える。その色を凝視し、オニールはエアカーの操縦に専念する。何も考えない。何も思い浮かべない。そうしなければ、頭がおかしくなる。この状況に耐えられない。

燃えさかる火の手をかわし、エアカーは大きく迂回《うかい》しながらも前進をつづける。

首都ニルヴァーナは、まだ遠かった。

2

首都ニルヴァーナから二十数キロのところに、カイン宇宙軍の第三司令基地があった。

オニールのエアカーは、燃料が切れた。その基地に緊急不時着した。

第三司令基地は、それほど大きな被害を受けていなかった。ブラスター攻撃の標的から、少し外れた位置にあったのが幸いした。しかし、この未曾有《みぞう》の非常時にあって基地の中は騒然としており、ひっきりなしに戦闘機や宇宙船が発着を繰り返していた。この状況では、民間人のエアカーなど、進入を許されるはずもないのだが、そこは大統領の筆頭秘書官である。オニールは地位を盾《たて》にとって命令を発し、強引に基地内へと入りこんだ。

エアカーを降りて、司令本部ビルへとオニールは向かった。ビルの内部《なか》は、ひどく殺気立っていた。士官や兵士が通路をあわただしく行き来している。

オニールは本部ビルの入口で下士官をつかまえ、作戦管制室に案内してほしいと申し入れた。作戦管制室には情報がある。カイン全土から集まってきた情報だ。いまオニールがもっとも必要としているのは、それである。ここにくる途次で、オニールはこの世の地獄ともいえる惨状をつぶさに見てきた。が、それがカイン全土に及ぶものなのか、それとも首都周辺だけの局地的な状況なのかがわからない。情報システムが、完全に沈黙してしまったからだ。その情報をここでなら確保できる。軍には独自の情報網があり、それはまだ問題なく動いているはずだ。その情報網により、この事態の詳細を知る。そのことをオニールは期待していた。

作戦管制室は、地下三階にあった。

オニールはふたりの武装した兵士にはさまれ、エレベータに乗った。通路を抜け、金庫室を思わせる頑丈なドアをくぐった。恰幅《かっぷく》のいい軍人が手を差しのべ、かれを迎えた。第三基地総司令官のムラーコ将軍である。ふたりは握手を交わした。

「何がカインに起きたのかを教えていただきたい」

オニールは単刀直入に切りだした。ムラーコは、困惑の表情をつくった。

「われわれにも、よくわかっていません」歯切れの悪い口調で、ムラーコは言った。

「いまのところ、わかっているのは、午前八時ちょうどにガリラヤ市郊外を皮切りに攻撃が開始されたこと。使われている武器が、少なくとも六十センチ以上の大口径ブラスターであること。敵がカインの衛星軌道上に相当数の攻撃用宇宙機を置いていること。の三点です。あ、それと、すでにカイン全土の七割近くが焦土と化していることも判明しています」

「衛星軌道上に多数の攻撃用宇宙機がいて、カイン全土の七割が焦土……」

オニールは、口を大きくひらき、絶句した。

「防ぎようがないのです」ムラーコは絞《しぼ》りだすような声で言った。四十五歳。少壮気鋭の将軍の顔に、苦悩の色が濃い。

「攻撃は正確無比で、迎撃体制も完璧に備えています。応戦のため地上発進させた我が軍の戦闘宇宙艦が、上昇中につぎつぎと撃ち落とされ、全滅に至りました。地上からはもちろん、直接攻撃の方法がありません」

「どうして、衛星軌道上にむざむざと敵を侵入させたのだ」オニールは声を荒らげ、噛みつくように言った。

「星域内には監視網があったはずだ」

「おっしゃるとおりです」ムラーコはうなずき、目を伏せた。

「しかし、やつらは忽然《こつぜん》とそこにあらわれたのです。警報とか、事前の反応とか、そういったものは皆無でした。攻撃開始のときが、宇宙機出現のときだったんです」

「忽然と？」オニールの眉根に深いしわが寄った。

「まさか星域内にワープしてきたとか」

「それは、ありえません」ムラーコはかぶりを振った。

「ワープに伴う重力波の乱れは、地上でもキャッチ可能です。むしろ、あの攻撃用宇宙機は、ずっと以前から軌道上にあったと考えたほうが自然です」

「まさか！」オニールの声が、ムラーコの言葉を打ち消した。

「そんな馬鹿な話、あるわけない」

「ええ。馬鹿な話です」ムラーコはあっさりと肯定した。

「ですが、そうとでも思わなければ、この攻撃は理解できません」

「………」

オニールは、信じられないという表情で、首をゆっくりと横に振った。と、とつぜん何かを思いついたというようにはっとなり、おもてをあげた。

「将軍」オニールは言う。

「戦闘宇宙艦が上昇途中で迎撃されたと言われたが、宇宙軍には星域内パトロールのため、出撃中の艦船もあるはずだ。かれらに包囲の外側から攻撃を仕掛けさせれば、宇宙機は破壊できる」

「ミスタ・オニール」ムラーコは、沈痛そのものの顔で答えた。

「星域内には、一隻の艦船もおりません」

「なんだって？」

「例の建国二十周年祭です」

ムラーコは言った。

二一三一年に惑星国家として独立したカインは、一週間後に建国二十周年を迎えることになり、盛大な式典がおこなわれることになっていた。

「その記念軍事パレードに備え、すべての艦船がメインテナンスに入っています」ムラーコはつづけた。

「星域内パトロールも、この三日間は中断状態です」

「それを狙ったのか」

オニールは白くなるほど、両の拳を強く握りしめた。

「閣下」

ひとりの将校がやってきた、ムラーコの横に駆け寄り、低い声で言った。

「第二十四司令基地が潰滅《かいめつ》しました。カイン全土で生き残っている軍事基地は、ここと第五、第三十八、それに第六十一だけとなっています」

「首都周辺の基地ばかりだ」その言葉を耳にしたオニールが、大声をあげた。

「攻撃パターンがセオリーと逆になっている」

「そのとおりです」ムラーコも意外だという表情をした。

「首都防衛の基地をあとまわしにしてカイン全土の軍事拠点を先に叩くというのは、戦略上ありうることではありません」

「たしか、第二十四司令基地は比較的、首都に近い位置にあったはず」オニールが言った。

「ということは、カインでいま致命的な破壊を免れているのは――」

「首都の周囲だけということになります」

「…………」

オニールとムラーコは、互いに顔を見合わせた。

「とにかく、これまでに入手した情報を整理してみましょう」

一拍の間を置き、ムラーコが言を継いだ。作戦管制室の奥を示す。ふたりは、突きあたりの壁に向かって移動した。

巨大なスクリーンがあった。壁一面に映像が広がっている。そのスクリーンに向かい、コンソールデスクが何列も並んでいる。そこに着いているのは、何十人という士官たちだ。ムラーコはデスク最前列の中央にある席をオニールに勧《すす》めた。そのとなりに、自分は腰をおろす。室内は、薄暗い。発光パネルの輝度が低く、その光も、かすかに青みを帯びている。

ムラーコが、自身の手でデスクのキーを操作した。

スクリーンの映像が切り換わった。惑星カインの海と大陸が、立体地図で鮮やかに浮かびあがった。首都ニルヴァーナのあるナルア大陸が中心に置かれている。

「通信可能域から生存者のいる地域を類推させてみます」

ムラーコはそう言い、キーをひとつ打った。スクリーンに表示されている立体地図のニルヴァーナ近辺がほんのわずか、緑色に染まった。

「これだけ？」

オニールが絶句する。

「他星との連絡を断つためでしょう。通信妨害がひどく、ハイパーウェーブは攻撃開始当初からまったく通じていません。衛星通信も利用不可能の状況がつづいています。だから、実際はもっとグリーンエリアは広いはずです」

ムラーコが言った。慰《なぐさ》めとも希望ともつかぬ口調だ。しかし、将軍自身がそれを信じていないことは、誰が見ても明らかだった。

オニールは血走った目で時計を見た。午前十一時四分。ブラスターの攻撃がはじまったという朝八時から、やっと三時間が経過したばかりである。

「たった三時間でカインのほぼ全土が滅亡状態に」

低い声で、オニールはつぶやいた。そのときだった。それとわかるほどはっきり、床が上下に振動した。

「緊急報告！」誰かが叫んだ。士官のひとりだ。「ブラスターの弾着が本基地周辺に集中しつつあります」

声は、作戦管制室全体に高く響き渡った。

「スクリーンに基地内重要施設の映像をすべて入れろ」

ムラーコが大声で怒鳴った。即座にスクリーンが数十面のマルチに切られ、そこにつぎつぎと映像がはめこまれた。

スクリーンに映った重要施設は十六か所だった。そのうちの八か所が火の海に包まれている。そして、オニールたちが見守るうちに、さらに二か所が炎の渦の中へと沈んだ。

この基地が灰燼《かいじん》に帰すのは時間の問題だ。

オニールは、そう思った。

「将軍」オニールは立ちあがった。

「使用に耐える装甲エアカーを貸していただきたい」

ムラーコに向かい、鋭く言った。

「装甲エアカー？」将軍は首をめぐらし、オニールを見た。少し面くらっている。

「どうされるのです？」

「わたしは大統領筆頭秘書官だ」オニールはつづけた。

「ニルヴァーナに行き、大統領の安否を確認する義務がある」

「ニルヴァーナに行かれる」

ムラーコは目を大きく見ひらいた。士官たちもその言葉を耳にし、凝然《ぎょうぜん》となった。無謀だ。かれらのまなざしが、そう言っている。いま、ここから外にでるのは、単なる自殺行為だ。装甲エアカーを駆っても、ニルヴァーナにたどりつけるはずはない。この状況下、地下三階にある作戦管制室が絶対に安全な場所ではないことはたしかだが、それでも、ここに留まれば、わずかでも生き延びるチャンスがある。それは、けっしてゼロではない。

「何か、おかしいかな？」

オニールは、静かに訊《き》いた。

「いえ」ムラーコは手を振り、答えた。

「使命感に感服しています。わたしがエアカーの格納庫まで案内いたしましょう」

ムラーコに導かれてエレベータで地上に昇り、オニールはまだブラスターの直撃を受けていない軍用車輛格納庫へと移動した。軽戦車にも匹敵する車体を備えた装甲エアカーがずらりと並んでいる。かれがここまでくるのに使ったエアカーとは比較にならない造りと装備だ。

オニールはひとりエアカーに乗った。格納庫の扉がひらいた。その行手には、炎の壁がある。格納庫の外では、ありとあらゆるものが激しく燃えさかっている。

オニールは、エアカーを発進させた。いきなりの全開走行だった。装甲エアカーは炎の壁を突き破り、一気に数十メートルの高度へと舞いあがった。恐ろしく強力なエンジンだ。パワーは十分以上にある。

ブラスターの火球が間断なく降りそそぐ。第三司令基地につぎつぎと落下する。方向転換のため基地の上空で旋回しながら、オニールは、地下三階の作戦管制室に立てこもるムラーコ将軍たちの運命を思った。気分が暗い。暗澹《あんたん》となる。すさまじい火勢だ。地上は紅蓮の炎に、隈《くま》なく埋めつくされている。

誰も助からない。

オニールは確信した。この状況だ。たとえブラスターの直撃を受けなかったとしても、かれらは生きたまま蒸し焼きにされてしまう。それは、素人目にも明らかだ。

唇を噛み、オニールはレバーを操った。

第三司令基地上空を離脱した。

3

オニールは首都ニルヴァーナに入った。

衛星による首都へのブラスター攻撃はいよいよ激しさを増し、ここに至るまでの道のりは、まさに危機の連続であった。大袈裟《おおげさ》に言えば、太陽の表面ぎりぎりを這《は》い進むような感じである。いつなんどき、噴きあがる炎がエアカーを呑みこんでしまうかもしれないという状況が、ずうっとつづいた。

おそらく、カイン全土で最後に残った都市なのだろう。ニルヴァーナとその近郊に集中した壮絶な攻撃は、一帯の様相を火焔地獄のごとく変貌させた。炎に追われて逃げまどう人波は、さらに大きく膨れあがり、それに比例して地に仆《たお》れている死体の数も、これまでとは桁違《けたちが》いに多くなった。まさしく、正視に耐えない、凄惨な修羅場である。

オニールの装甲エアカーは、瀕死の巨竜のようにのたうちまわる炎の中をかいくぐり、ニルヴァーナの中心部へと突き進んだ。エアカーの空調機器をフル稼働させても、溶鉱炉に等しい環境の中にあっては、さしたる効果を得ることができない。オニールは高温の空気を吸って息を詰まらせた。激しくあえぐ。苦悶する。しかし、必死の思いで操縦レバーにしがみつき、エアカーを駆る。

ふいに、呼吸が楽になった。

熱で遠のきかけていた意識が急速に戻ってきた。オニールは、あわててスクリーンでエアカーの周囲を見た。

炎がない。後方を除き、エアカーの三方から炎が消え失せている。

道路すれすれまで、エアカーの高度を下げた。

オニールは、ニルヴァーナの中央官庁街にいた。オニールにとって、見慣れた町なみである。公園を思わせる緑地の中に、白亜の美しい建物がぽつりぽつりと立ち並んでいる。どうやら、攻撃は首都の周辺から中央部へと同心円状におこなわれているらしい。だから、この一帯には、あの酸鼻《さんび》を極めた悲惨な殺戮《さつりく》の影すらもない。

平和な光景だ。ただし、人影がまったくない。人間の姿がどこにもない。惑星外からの攻撃と聞いて、住民たちは、我先に郊外へと脱出をはかったのだろう。そういう場合、首都中心部が真っ先に狙われるのは常識である。必ず行政機関が最初の標的になる。が、なぜかは不明だが、カインを襲った敵は、その逆を衝《つ》いた。首都中心部から逃げだした人びとが全滅したことは明らかだ。あの猛火の中を抜けてきたオニールには、それがはっきりとわかる。

木の間ごしに、頂上にドームをいただいた巨大な建物が見えてきた。

議会の議事堂である。めざす大統領官邸は、その議事堂に隣接している。

大統領は避難しようとし、すでに炎にまかれてしまったのでは？

そんな考えが、オニールの脳裏にちらと浮かんだ。ありうる。――というよりも、むしろそのほうが自然な話だ。オニールが警護官なら、ためらうことなく、そうする。大統領を首都から脱出させる。

「行けばわかること」

オニールは口にだして、そうつぶやいた。レバーを倒し、エアカーの速度をあげた。

大統領官邸の門は、閉鎖されていた。あけてくれるはずの係員の姿はない。むろん、係員以外の人影もない。オニールは装甲エアカーに装備されている小型のビーム砲で門《もん》扉《ぴ》を灼《や》き切った。乱暴なやり方だが、やむを得なかった。

車体を玄関に横づけした。エアカーから降りた。

官邸の中に進んだ。しんとしている。やはり、人の気配がない。予想どおり、全員が避難してしまったようだ。

オニールは階段を登った。大統領執務室は官邸の三階にある。エレベータは使わない。いまは動いているようだが、首都中心部への攻撃がはじまって電源がストップしたら、エレベータに閉じこめられたまま蒸し焼きにされる。それは願い下げだ。死ぬときは、あっけなく死にたい。

三階にでた。通路を抜け、大統領執務室の扉の前に立った。黒檀《こくたん》を使用した古風な造りの扉だ。耳を澄ませても、物音ひとつしない。フロアに関係なく、官邸内はすべてが無人になっているらしい。月並みな言い方をすれば、猫の仔《こ》一匹いない状態だ。

オニールは自身のからだから力が萎《な》えていくのを感じた。大統領の身を案じ、死にもの狂いでここまできたが、それは完全に徒労に終わってしまったようだ。もう、ここには誰もいない。

オニールは扉の左横に手を置いた。目の高さあたりの壁面だ。手を置くのとほぼ同時に、かちりと音を立てて扉のロックが解除された。この扉は、登録された掌紋《しょうもん》がキーになっている。大統領筆頭秘書官であるオニールの掌紋は、むろん登録済みだ。

オニールは伝統的なデザインのドアノブを握り、それを手前に引いた。扉は音もなく、なめらかにひらいた。オニールは執務室の中へと一歩踏みこんだ。その足が、凍りついたように止まった。

オニールの顔から血の気が引いていく。

室内はたそがれ時のように薄暗かった。窓が厚いカーテンで覆われていて、照明がついていない。だが、オニールから見て左側の壁で、さまざまな色の光が激しく乱舞している。スクリーンだ。その壁全体に、十数面ものスクリーンがびっしりとはめこまれている。

スクリーンに映っているのは、燃えさかるカイン各地の映像だった。かなりの高空から望遠で撮《と》っているらしく、ほとんど真上から見た構図になっている。

しかし。

オニールの顔色を変えさせたのは、そのスクリーンの群れではなかった。

部屋の中央だ。スクリーンに面する形で、そこに巨大な執務デスクがしつらえられている。デスクの向こう側には椅子があり、その上にひとりの男が腰を置く。机上に肘《ひじ》をのせ、軽く指を組んだ両手の甲にあごをかけて、男は恍惚《こうこつ》とした表情でスクリーンの映像に見入っている。

信じられない光景だ。それを見て、オニールは血相を変えた。

男の年齢は五十二歳。もう初老ともいえる年齢だが、骨太でがっちりとした体格は、けっして青壮年のそれに劣っていない。顔つきも、二十代の若者のように精悍《せいかん》そのものだ。

言うまでもなく、オニールはその顔を知っていた。

有能な科学者として、また偉大な政治家として、銀河系にその名を知られている惑星国家カインの初代大統領。

アスタロッチだ。

その身を案じていたアスタロッチ大統領が、まるで映画でも鑑賞しているかのように、カインがブラスターの攻撃で滅亡してゆくさまをのんびりと楽しんでいる。

オニールは衝撃で、精神を根底から揺さぶられた。混乱し、よろけるようにオニールは二、三歩、前に進んだ。

「大統領」

無意識に、言葉が口から漏れた。

その声が耳に届いたのだろう。画面に熱中していたアスタロッチは、ゆっくりと扉のほうへと振り返った。

オニールと目が合った。

アスタロッチは静かに微笑んだ。背筋が総毛立つような、残酷な意思を裡《うち》に含んだ笑顔だった。

「オニールくん」アスタロッチは抑揚《よくよう》に乏しい、冷たい響きのある声で言った。「驚いたな。どうやってここまできた？」

「大統領」返すオニールの声は、激しく震えている。

「この部屋はいったい……」

「なかなかのものだろ」アスタロッチはちらりとスクリーンに目をやった。「昨夜、きみたちが帰ったあとで改造したんだ。ロボットを三台も使ったのだが、予想外に手間どってね。一時は、今朝の大イベントに間に合わないのでは、と思って蒼《あお》くなっていたよ。おかげで、わたしは一睡もしていない」

話しながらアスタロッチは机上のキーボードを右手で操作した。床の一部が丸く割れ、せりあがってきてスツールになった。

「きみが、わざわざきてくれるとは思ってもいなかった」アスタロッチは、スツールを指し示した。

「とにかく、かけてくれたまえ」

言われて、オニールは操り人形のようにぎくしゃくとした動きで室内を横切り、スツールに腰をおろした。

「まずは質問に答えてくれるかな、オニールくん。きみはなんのために、また、どうやって、ここにきた？」

「閣下の身を案じてのことです」

オニールは震える声で、ここに至るまでの経過を訥々《とつとつ》と語った。アスタロッチは神妙な顔になり、それを静かに聞いた。

「ふむ」話が終わると、アスタロッチは小さく鼻を鳴らした。

「とてもうれしい話だった。オニールくん」

微笑して、言った。

「閣下！」

とつぜんオニールは、甲高い声で大きく叫んだ。アスタロッチは上目遣《づか》いにオニールを見た。唐突な叫び声を耳にしても、驚いた様子はまったくない。

「閣下にお尋ねしたいことがあります」

オニールはスツールから立ちあがった。頬が紅潮し、目も赤く血走っている。

「なにかね？　オニールくん」

「これです」

オニールは腕を伸ばし、壁面に並ぶスクリーン群を指差した。スクリーンは、一面を除き、すべての画面が炎と煙で赤黒く埋まっている。炎のない一面とは、大統領官邸をとらえたものだ。その画面にだけは、いつもと変わらぬ官邸のたたずまいが、ひっそりと映しだされている。

「この馬鹿げた大虐殺《ジェノサイド》を、閣下は知っておられたのですか？」

オニールは問う。怒りと混乱のため語尾がうわずり、発音がおかしくなった。ひどく昂奮していて、全身からは殺気までが漂いだしている。アスタロッチの態度と発言を目のあたりにして、オニールはかれの答がひとつしかないと予想した。肯定し、「知っていた」と言ったら、即座にオニールは飛びかかって大統領を絞《し》め殺すつもりでいた。

だが。

アスタロッチは、あくまでも冷静だった。

「知っていたのではない」

大統領は、そう答えた。

「え？」

思わぬ返答に、オニールは気勢をそがれた。そこへすかさず、アスタロッチは言葉をかぶせた。

「これは、わたしがやったことなのだ」

「！」

オニールの表情が凍った。アスタロッチを指差し、何か言おうとする。だが、あごがわなわなと震え、言葉がでてこない。オニールは腰が抜けたようにへたへたと崩れ、スツールの上にゆっくりとすわりこんだ。

アスタロッチが言葉をつづける。

「わたしは、もともと科学者だ。そして、大統領として、衛星の打ちあげを行政的に管理する責任も担《にな》っている。衛星の新規打ちあげの際に、管理局のシステムを細工して衛星を改造しておくことなど、造作もないことだった」

「…………」

「とはいえ、カイン全土を灼き尽くすだけの衛星を長期間にわたって軌道にのせておくのは容易なことではない。ことにカインのように惑星ひとつきりの太陽系では、人工衛星やステーションの需要も多くはない。無理のない打ちあげ計画と専門家の検査にも耐えうる機器の改造。いや、ずいぶんと手間やら時間やらがかかってしまった。しかし、建国二十周年祭がうまく追い風となってくれた。これのおかげで、いろいろと理屈をつけ、衛星を打ちあげることができた。何かとうるさい宇宙軍を星域の定期警戒網から引き戻すことも可能になった。その上、レジャーや仕事で他星に旅行していた国民も二十周年祭の日程に合わせて、みな自発的に帰国してくれた。つまり、すべての問題が一挙に解決したということだ。わたしは攻撃開始命令を送るスイッチを入れたあと、ここにすわって、その成果をただ鑑賞しているだけでよくなった。予想だにしていなかったオニールという名の忠臣により、その優雅なひとときを中断されるまでね」

「なんのために、こんなことをした？」

オニールは叫ぶように言った。信じられない。自分が永年、仕えてきた大統領が周到な計画のもとに、みずから治める惑星と国民を滅亡に追いやる悪魔であったということなど。

「なんのためか」アスタロッチは肩を軽くそびやかした。

「さて、なんのためだろう」

うそぶくように言った。口もとには、またあの残忍な印象を与える微笑を浮かべている。

「とぼけるな！」オニールは怒鳴った。

「理由もなく、こんな恐ろしいことをしたのか？」

オニールは飛びあがるようにスツールから立ち、アスタロッチのデスクを平手で強く打った。が、やはり、アスタロッチはいささかも動じない。激情に全身を震わせているオニールを、冷ややかな目でまっすぐに見据《みす》えている。

と。

そのときだった。

雷鳴に似た音が低く轟いた。そして、それにつづいて大きな振動がきた。うねるように床が波打つ。

「ほお」アスタロッチはつぶやいた。

「いよいよ大団円か」

「なんだって？」

「あれを見ろ」

アスタロッチはあごをしゃくり、スクリーンのひとつを示した。大統領官邸が映っているスクリーンだ。その画面の一角に、先ほどまでなかった炎と煙が、わずかながらあがっている。

オニールは言った。

「あらかじめ各地に備えつけておいたセンサーと、衛星に装備しておいたセンサーの、そのどちらもがカイン全土で生命反応をキャッチしなくなったら、大統領官邸を攻撃するようにプログラムしてある。いまの一撃は、その先触れだ」

「何を言っている？」オニールの目がこれ以上ないほどに大きく見ひらかれた。

「そんなことをしたら、あんたも死ぬぞ」

「そうさ」

アスタロッチは言った。言ってから、ぽんと膝《ひざ》を叩いた。

「理由ができた。オニールくん」にっと笑った。

「自殺するためだ。自殺するために、わたしはこんなことをしたんだ。ひとりで死ぬのはさびしいから、道連れがほしかったんだ」

「ふざけるな!」オニールは激昂《げっこう》した。

「何が大統領だ。俺たちの命は、あんたのおもちゃじゃない!」

「そのとおりだ。よく承知している」

アスタロッチは、深々とうなずいた。部屋の揺れがいよいよひどい。爆発音が切れ目なく鳴り響いている。どこかでガラスの砕け散る音とコンクリートの崩れ落ちる音がした。

「だが」とアスタロッチは大声で言った。ふつうの大きさでは、もう自分の声でも聞きとりにくい。

「これは人類の次代のためにやったことなのだ!」

耳をつんざく猛烈な爆発音が鳴轟《めいごう》した。天井が微塵《みじん》に砕け、滝のように瓦礫《がれき》が降ってくる。そして、間を置かずにつぎの一撃がきた。目もくらむような閃光が、執務室全体に広がった。

爆風が吹きぬける。

すさまじい衝撃がオニールを打った。オニールは半失神状態になって宙を舞い、背中から床へと落下した。したたかに叩きつけられた。

「ぐあっ」

オニールは呻《うめ》き、床を転がった。左肩が外れた。激痛が走る。その痛みが、逆に遠のきかけたオニールの意識をはっきりとさせる。

気がつくと、オニールは大統領執務室の外にいた。通路の真ん中だ。爆風が扉を吹き飛ばし、そこにオニールが投げだされた。オニールは痛みをこらえ、両膝と右腕で上体を支えた。執務室の中を見る。室内は半分が瓦礫で埋まっている。あとの半分は炎の渦だ。官邸内部は、すでに火の海になっている。豪華な執務机は、もうどこにも見えない。もちろんそこにいたアスタロッチの姿も、いまはない。

と、思ったとき。

信じがたい光景が、オニールの目に映った。

眼前にあるのは、燃えさかる紅蓮の炎だ。その炎の中に、男の顔が青白く浮かびあがった。

秀でた額。鋭いまなざし。大きな鷲鼻。それはまぎれもなく、アスタロッチ大統領の顔だ。そして、炎にかぶさるように、甲高い哄笑が大きく反響《こだま》する。

オニールは悲鳴とも叫びともつかぬ声をあげ、その場から逃げだした。腰が立たず、膝と右腕だけで這《は》い進み、通路を移動した。恐怖にかられていたためか、驚くほどに動きが速い。

我に返ると、オニールは大統領官邸の庭にいた。

茫然としていたが、ちゃんと両の足で立っている。不思議と、脱臼《だっきゅう》した左肩に痛みはない。全身の神経が麻痺《まひ》してしまったらしい。気分がぼおっとしている。

あたりを見まわすと、周囲のものすべてが激しく燃えていた。木も草も土も建物も、オニールが乗りつけた装甲エアカーさえも火を噴いている。

自分は惑星カインで最後のひとりになった。

ふと、そんな思いが脳裏をよぎった。

とつぜん眩暈《めまい》をおぼえた。気が遠くなり、全身の力が急速に抜ける。煙を吸った。建材から流れだした有毒ガスだ。オニールは崩れるように膝を折り、倒れた。地面に突っ伏した。土が熱い。焼けて発熱している。

わずかに残った、地表の新鮮な空気に触れたせいだろうか。かすかに意識が戻ってきた。そおっと薄目をあけてみた。着ている上着の両袖が火に包まれているのが見えた。自分の肉体が見る間に焼けただれていく。それが感覚でわかる。髪の毛も燃えている。視界が赤い。真っ赤だ。

しかし。

苦痛はなかった。

＊

二二五一年、最後の惑星国家といわれていたカインが、惑星全土を覆う原因不明の大火災で全滅した。

銀河連合が派遣した調査団の報告によると、衛星軌道上からのブラスターによる集中攻撃の可能性が強いということだったが、衛星軌道上には自爆と思われる人工衛星の破片が多数散在していたにもかかわらず、決定的な物的証拠はひとつとして得ることができなかった。攻撃者の正体も意図も、解明不能という結論が下された。

推定死者総数は二十二億四千五百三十六万余人。カイン全土を隈《くま》なく調べたが、生存者は完全に皆無であった。

カインの地表は熱でどろどろに溶け、それが冷え固まって、黒光りするガラス状になった。

死の星と化したカイン。

いま、そこに住む者はひとりとしていない。

第一章　悪魔の紋章

1

澄みきった蒼空は群青《ぐんじょう》ともいえる色の濃さで、かえってほの暗い印象を見る者に与えている。

水平線近くなると、純白の入道雲がいくつかの小山となって連なり、その白色はなだらかに海へと下っていく。

海もまた澄みきっていた。

五十メートルにも達する透明度は、銀河系随一を誇り、しかも肉食の猛魚は一種として存在しない。

気候は一年を通じて温暖にコントロールされていて、五つの大陸のそこかしこに、白い星砂を敷きつめた広大な砂浜が人工的に形成されている。大陸と大陸の間に無数に点在する島々もそうだ。島ひとつひとつが、海を利用したさまざまなレジャーを楽しめるよう特色を与えられ、開発がおこなわれている。

太陽系国家ナビーゼアの第四惑星ヴァニール。銀河系に知らぬものとてない海洋リゾート惑星だ。惑星全体が、海をモチーフにした海洋テーマパークとしてつくりあげられている。

クラッシャージョウとその仲間は、赤道一帯に広がるサヴァレア大陸西海岸にあるサノババビーチにいた。サノババビーチは、一キロにも及ぶ遠浅が売り物の美しい砂浜だ。ヴァニールに数ある海水浴場の中でも、とくに砂の質がいいと言われている。

海岸に面した瀟洒《しょうしゃ》なホテルに投宿して二週間。陽焼け止めの高級クリームを愛用しているアルフィンを除く三人、ジョウ、タロス、リッキーは、オレンジと白に輝く二重太陽の強烈な陽差しをたっぷりと浴びて、すでに額から爪先までが真っ黒に染まっていた。

「ジョウ」

ビーチパラソルを五本ほど使ってむりやりつくりだした日蔭の中で三人が重なり合ってまどろんでいると、アルフィンがやってきて声をかけた。

「ジョウったらあ」

「死んでます」

俯《うつぶ》せになったまま、ジョウは面倒臭そうにぼそぼそと答えた。

「一緒に泳ごうよう」

「死人を起こすな」

「いやっ」

アルフィンはふくれっ面《つら》になった。腰に手をあて、唇をとがらせる。

「アルフィンもここにまざりなよ」ジョウは言う。

「海岸で死んでるのは、すごく気持ちがいいぜ」

「なに言ってんの！」アルフィンはジョウの腕をぐいと把《と》った。

「たまの休暇じゃない。目いっぱい遊んどかなきゃ、つぎいつとれるかわかんないでしょ。死んでるヒマなんて、どこにもないわ！」

「うー」

諦《あきら》めてジョウは上体を起こし、低くうなった。まぶしそうな目で、アルフィンを見あげる。白い肌、すらりと伸びた長い脚、大きくくびれた細いウエスト。黒のマイクロビキニが申し訳程度にからだを覆い、長い金髪が風になびいて陽光をきらきらと反射している。

アルフィンは根っからのクラッシャーではない。もとは太陽系国家ピザンの王女であった。それが、ふとしたことからジョウたちと知り合い、クラッシャーになった。銀河系のどこにも、これほど異色の経歴を持ったクラッシャーはいない。また、これほどに

美しく愛らしいクラッシャーも存在しない。

「強引だぜ。アルフィン」

ジョウは立ちあがり、腰のあたりの砂を払った。

「あーん、許してえ！」

アルフィンはじゃれつき、猫のようにからだをぴったりとジョウにすり寄せた。ふたりは連れだって渚《なぎさ》を横切り、海へと向かう。波の中に勢いよく飛びこんだ。

「やれやれ」ビーチパラソルの下に静寂が戻ると、タロスがため息をつきながら、うっそりと起きあがった。

「寝たふりも楽じゃねえ」

首を横に振り、ぼやく。タロスは身長が二メートルを超える巨漢だ。フランケンシュタインの怪物そっくりの風貌をしていて、顔といわず、からだといわず、そこらじゅうが傷痕だらけになっている。

「ほんとだよ」タロスの腹を枕にして寝ていたリッキーも、身を起こした。

「気を遣《つか》って疲れ果てちまう」

肩をそびやかした。リッキーは小柄だ。身長は一メートル四十センチ。タロスと比べると、大人と子供以上の差がある。年齢もタロスは五十代、リッキーは十五歳と大きくひらいている。

「無邪気なんだねえ、あのふたりは」

タロスが言った。

「無邪気なんですよ、あのふたりは」

リッキーもつぶやいた。

ふたりは顔を見合わせて笑った。ジョウとアルフィンの歓声が、風にのって遠くから流れてくる。

「若いってなあ、いいことだ」

タロスは声のほうにあごをしゃくり、しみじみと言った。

「へっ！　タロスにはあんな時代がなかったんだろ！」

リッキーがからかう。

「ぬかせ！」タロスは砂をひとつかみし、それをリッキーに投げつけた。

「俺にだって甘ったるい思い出のひとつくらいあるさ。ちっと苦いところもあるがな」

小声で言った。終わりのほうはとくに聞きとりにくい。そこをリッキーにつけこまれた。

「なんだよ。尻《けつ》のあたりのごにょごにょが怪しいぞ」リッキーはにやりと笑う。

「憎いねえ。リアリティをもたすために芝居をしちゃうなんて」

「るせえ、このくそガキ」タロスの目が高く吊りあがった。

「つべこべぬかしているが、てめえだってアホ面《づら》さげて俺と昼寝じゃねえか。ガタガタ言いたかったら、ねーちゃんのひとりでも連れてきてからにしな！」

「ペッペッペッ！　ずいぶん、ずいぶん、ずいぶんだぜ！」リッキーは丸い目を三角にし、大きめの前歯を剝《む》きだしてわめいた。

「俺《おい》らはタロスがかわいそうだから一緒にいるんだ。そこんとこを取り違えるんじゃないよ！」

「そいつぁ、おおいにお世話だ。誰もそんなこと頼んじゃいねえ！」タロスも怒鳴り返した。

「だいたい、てめえが女に縁のないことくらい、〈ミネルバ〉のネジ一本だって知ってることだ！」

「うー」

リッキーが頰をひきつらせて、うなった。

「うー」

タロスも奥歯を嚙み鳴らして、うなった。

まわりの空気が、妙にむなしい。

タロスとリッキーの喧嘩《けんか》は、珍しいことではなかった。世代差の大きいふたりは精神的ギャップを埋めるため、こうやってゲームのような喧嘩を、ことあるごとにしている。

タロスはベテランのクラッシャーであり、しかも全身の八割を改造したサイボーグだ。クラッシャーになってまだ三年たらず、なにごとにつけ経験の浅い、小柄なリッキー相手に本気で喧嘩をしたら、勝負は一瞬でついてしまう。それがそうならないのは、ふたりとも、この喧嘩の意味をよく知っているからだ。とくに、タロスはそれをはっきりと認識している。

しかし。

きょうの喧嘩は、いつもと雰囲気が違っていた。

それは、ふたりにとって実にもの悲しい喧嘩であった。

軽やかな電子音が流れた。

音源は、ビーチパラソルの一本に取りつけられた小型の通信機である。リッキーと睨《にら》み合い、そのまま硬直していたタロスが、弾《はじ》かれたように立ちあがってスイッチをオンにした。通信機にはめこまれている小型のスクリーンに、映像が入った。若い男の顔だ。服装から見て、どこかのホテルマンらしい。

「ミスタ・ジョウは、いらっしゃいますでしょうか？」

ホテルマンは訊いた。

「ミスタ・ジョウ？」

タロスが首をひねる。

「兄貴のことだよ！」

リッキーがタロスの脛《すね》を力いっぱい蹴とばした。

「おう、そうか。敬称をつけてるんだ」

タロスは頭を掻《か》いた。足を蹴られたことには、気がついてすらいない。

「えっと、ジョウなら、いまちょっといませんぜ」

通信機に向かい、タロスは言った。

「連絡はつきますでしょうか」ホテルマンは言を継ぐ。

「ミスタ・エイムズが先ほどからミスタ・ジョウを探されているのです」

「エイムズ」

低くつぶやき、タロスははっとなった。あわてて、時計を見た。

「まずい。もうこんな時間だ」タロスは首をめぐらし、リッキーに目をやった。

「おい、ジョウを」

「わかってる！」

リッキーは海に向かって走りだしていた。動きが速い。タロスはリッキーの背中を見送り、無線機に向き直った。

「すまねえ。すぐきます」

ジョウは息せききって駆けつけてきた。

「ジョウです」全速力で戻ってきたので、声がかすれている。

「二分で行くと、伝えてください」

それだけ言って、激しく肩で呼吸をした。通信機のスクリーンから映像が消えた。

少し遅れて、アルフィンがやってきた。あきれたような声をだした。

「だめねえ。仕事を忘れて遊んでるなんて！」

「よく言うよ」

ジョウはへたへたと崩れた。反論する気力もない。

エイムズが休暇中のジョウに面会を申しこんできたのは、きのうの夜だった。

エイムズは、まずリゾート地にまで押しかけてきた非礼を詫《わ》びた。それから、自分はある者の代理人であることを告げた。

「大至急、依頼したい件があるのです」

スクリーンの中で、エイムズは言った。緊張で顔が少し蒼《あお》ざめている。恐ろしく真剣な表情だ。

ただごとではない。

ジョウはそう思った。

「そんなに切迫している仕事なんですか？」

ためしに、ジョウは訊いてみた。

「人ひとりの命がかかっています」

エイムズは即座に答えた。その言葉には、切実な響きがあった。ジョウは会うことを承知し、翌日、つまりきょうの昼食前に、ジョウひとりがエイムズの泊まるホテルに赴《おもむ》くこととなった。エイムズが投宿したホテルは、サノバビーチの東南端にある。対して、ジョウたちのホテルはビーチの西南端に聳《そび》え立っている。東南端はサノバビーチのベストポイントだ。ジョウたちは、午前中をビーチで過ごす。その場合、ジョウがエイムズのホテルを訪ねるほうが合理的だという話になった。

五本重ねのビーチパラソルから、ホテルまでの距離は、直線にしておよそ三百八十メートル。

二分で行くには、かなり厳しい状況であった。

2

ジョウは海水パンツの上にパーカーを着こんだだけの姿で、エイムズの部屋に入った。

エイムズは長時間待たされたにもかかわらず、いやな顔ひとつせずにジョウを迎え入れた。

「とにかく、おかけください」

　エイムズはソファを勧《すす》めた。

　海水パンツはまだ濡れたままだったが、ジョウはかまわず、ソファに腰を置いた。リゾートホテルのソファは海水対策がなされている。濡れてもすぐに乾くし、素材に影響もでない。

「お楽しみのところをお邪魔しまして、まことに申し訳ございません」

　ジョウの前に立ったエイムズは、深々と頭を下げてから、自分のソファに腰をおろした。ジョウの真正面である。あいだにテーブルをはさむ。

　エイムズは、年齢四十四、五歳といったところだろうか。中肉中背で、落ち着いた理知的な風貌をしている。学者によくあるタイプだ。髪がグレイで、表情がやわらかい。

「挨拶《あいさつ》はあとまわしにして、先にあなたの身分と用件の詳細をうかがいましょう」

　ジョウは直截《ちょくせつ》に切りだした。人ひとりの命のかかっている仕事の中身を、まずは知っておきたい。

「けっこうです」エイムズは大きくうなずいた。

「わたしはエイムズ。かに座宙域にある太陽系国家、ラングールで弁護士をやっています」

　なるほど、とジョウは心の中で合点した。言われてみれば、たしかにエイムズは挙措《きょそ》も口調も、弁護士そのものである。

「電話で申しましたように、ある人がわたしを代理人として、ここにつかわしました」

「誰が、なんのために、ですか?」

ジョウは鋭く訊いた。

「誰がは、あとにしましょう」と、エイムズは言った。

「なんのためにが、本題です」

エイムズは上着のポケットから、一センチほどの厚みがある十センチ四方の黒いプラスチック・プレートを取りだし、テーブルの上に置いた。立体写真の投影パネルだ。プレート横のスイッチを押すと、実物と変わらぬリアルな質感を持った立体映像が、盤上に現出する。

「この少年を捜索していただきたい」

そう言って、エイムズは投影パネルのスイッチを押した。

「これは……」

盤上に立体映像が浮かんだ。それを見て、ジョウは思わず息を呑《の》んだ。

少年の映像。

天使のように美しい。

ひとりの少年が、プレートの上に立っている。くせのない、触れれば山嶺の清流のように軽やかな音を立てて指からこぼれるであろう豊かな金髪を頭にいただき、大きな瞳は、緑とも群青とも紫ともつかぬ奥深い色を、あふれんばかりにたたえている。透きとおった白い肌は、ある種の陶器を思わせるほどなめらかに見え、かすかにひらいた真紅の唇からは、きれいに揃った純白の歯並みをほのかに垣間見ることができる。鼻すじはまっすぐに通り、耳の輪郭さえもが絶妙のシェープを描いている。

神がふと気まぐれを起こして創《つく》りあげた美の化身。そんなものが、もしこの世に存在するならば、それはまぎれもなくこの少年のことであろう。

ジョウはかつて、これほどの美少年を目のあたりにしたことがない。かれははじめて、美そのものが生を享《う》け、息づくことがあることを知った。

「この少年が、いったいどういうことに？」

ジョウが訊いた。声がうわずり、語尾がかすれた。

「二か月前です」エイムズは静かに答えた。

「惑星シクルナの宇宙港で、この少年は乗船していた宇宙船ごと、何ものかに誘拐されました」

クラッシャーの歴史は、そのまま人類による銀河系進出の歴史である。

二一一一年、人類は重大な飛躍の転機を迎えた。その年、永年の宿願であったワープ機関が完成した。

一般に通常航法と呼ばれているロケット機関は、反動物質にプラズマや光子を使用しても、けっして光速を超えることができない。しかし、それではほんの数光年しか離れていない恒星を往復するだけでも十数年という歳月がかかることになる。

これでは、とても実用には耐えない。

人類は、太陽系内だけに限られた宇宙開発を細々と進めるほかなかった。

だが、ワープ機関の開発が、この状況を一変させた。ワープ機関によるワープ航法を使えば、異次元空間という近道を抜けることによって、何十、何百光年という距離でも、一瞬に移動することができる。時間が障害になっていた恒星間航行が、ついに夢物語から現実世界の話となって、その姿を見せた。

人類は、即座に他の恒星系への進出を開始した。そして、つぎつぎと植民惑星を増やしていった。太陽系はすでに飽和状態にあった。このままだと人口増加で人類そのものが滅ぶ。そこまで追いつめられていた。人類の生き延びる道は、他恒星系への植民以外になかった。それゆえに、爆発的な植民ブームが巻き起こった。

しかし。

植民は、人びとの想像をはるかに超えて困難であった。

予想されたことだが、人類の居住に適した惑星はほとんど存在していなかった。また、宇宙船の航行する航路の整備もなされてはいなかった。植民する人びとは、ブラックホールや宇宙塵流などに怯《おび》えながら宇宙船に乗り組み、新天地をめざした。植民可能な惑星にたどりついた宇宙船は、全船団の半分もなかったという。しかも、無事に着けば着いたで、そこにはあらたな苦難が待っていた。地球とはまったく異なる環境。名も知れぬ猛獣の襲撃。伝染病、異常気象、天変地異。かれらは、そういった災厄と果てしのない格闘をえんえんとつづけねばならなかった。

そんなときである。

クラッシャーがあらわれたのは。

二一二〇年のことだった。宇宙生活者の一群が、浮遊宇宙塵流の破壊や惑星改造を請《う》け負う商売をはじめた。群れはひとつではなかった。銀河系のそこかしこで、ほぼ同時期にいくつものグループが出現した。宇宙に進出した人びとはかれらの登場を喜び、歓迎した。植民者たちは、かれらのことをクラッシャー（壊し屋）と呼び、我先にかれらを雇った。

クラッシャー。

それは時代がもっとも切望していた人間であった。

クラッシャーの中に、ひとりの卓越した指導者がいた。

その名はクラッシャーダン。ジョウの父親だ。史上はじめてみずからクラッシャーを名乗った宇宙生活者である。ダンは、ばらばらに分かれていたクラッシャーの組織をひとつにまとめ、かれらに規律と高度な技術を与えた。

クラッシャーの登場は、人類の植民政策を大幅に加速させた。移民が急ピッチで進むようになり、航路も陸続とひらかれるようになった。惑星改造《テラフォーミング》の技術も、年を追うごとに向上していく。植民はさらに規模が拡大し、いつの間にか、植民惑星のそれぞれには地球の総人口に匹敵するほどの人間が居住するまでになっていった。

そうなると、従属を嫌うのは人の常である。二一二九年に惑星トプロスの行政府が地球連邦に対して独立を宣言したのを皮切りに、ほとんどの植民惑星が独立を主張しはじめた。当初はこれに反対していた地球連邦も、世界の流れに逆行することはできない。やがて、すべての惑星の独立を認めるようになった。いわゆる惑星国家時代の到来である。そして、二一三四年には銀河連合が設立された。銀河連合は独自の宇宙軍を有し、一国家の利益に偏《かたよ》ることなく、全人類の繁栄と安全を守るための国際平和維持機構である。

かくて人類は、銀河系に確たる地歩を築いた。が、人類の進出は、それだけでは止まらない。居住空間が広がれば、それ以上に人口も増加する。ついには、これまでのように人類の居住に適した惑星だけを選んで植民していたのでは、増加する人口を収容しきれないという問題がでてきた。

これを解決したのが、飛躍的に進歩した惑星改造技術である。

極端なガス状惑星を除けば、とても人類が住めそうにないと思われていた惑星でも、技術革新により、居住可能レベルにまで改造ができるようになった。これは、いままで一太陽系にせいぜいひとつくらいしか植民できる惑星がなかったのが、改造さえすれば、その太陽系に存在するほとんどの惑星に植民できるということを意味していた。太陽系に十個の惑星があれば、そのうちの七、八個は確実に居住可能にできるということだ。人口過剰問題にとって、これに勝る福音《ふくいん》はない。

最初に大規模な恒星系改造をおこなったのは、銀河連合の本部を置く地球連邦だった。地球連邦は木星以遠の星を除くすべての惑星と、全惑星に付随するほとんどの衛星を改造して、それまで惑星単位だった国家を太陽系単位にまで一気に拡大した。改造と移民は二一四三年におおむね完了し、地球連邦はその名称を太陽系国家ソルとあらためた。

これが今日《こんにち》までつづく、太陽系国家時代の幕開きである。

その幕開きから十八年後の現在。

最後の惑星国家、カインが原因不明の大火災で滅亡した〝二一五一年の惨劇〟を経て、八千に及ぶ銀河連合の加盟国は、すべてが例外なく太陽系国家になった。改造された惑星の数は膨大なものになる。言うまでもない。それはクラッシャーの力で成し遂《と》げられたことだ。

壊し屋と蔑《さげす》まれ、ならず者と呼ばれたクラッシャー。だが、じつはかれらこそが人類による銀河系進出の尖兵《せんぺい》であった。

そして、クラッシャーがはじめて登場してから四十年が過ぎ、クラッシャー自身の概念も大きく変わった。

もっとも顕著なのは仕事の多様化だろう。さまざまな技術が高度になるにつれてクラッシャーの質が自然に淘汰《とうた》されていき、依頼される仕事の内容も多岐《たき》にわたるようになった。クラッシャーという呼称の語源である遊星や宇宙塵塊の破壊、惑星改造はもちろん、宇宙船の護衛、救助、惑星探査、危険物の輸送、捜索など、クラッシャーが請け負わない仕事は皆無と言っても過言ではないほど、種類が増えた。

もはやクラッシャーは、以前のように単なる壊し屋ではない。当然、巷間噂《こうかんうわさ》されているようならならず者でもない。クラッシャーは、金のためならなんでもする、また、なんでもやりとげる宇宙生活者だが、かれらには厳しいルールがある。犯罪にはけっして加担しない。銀河国際法は完璧に遵守《じゅんしゅ》する。もし、非合法なことに手を染めたクラッシャーがいれば、かれは仲間から追放され、それ相応の処分を受ける。そのように定められている。

専用に改造された宇宙船、武器、メカニックを自分のからだの一部のように使いこなし、宇宙軍の士官でさえも及ばないほどの通信、戦闘、探索、捜査などの知識と能力を身につけた宇宙のエリート。それが、現在のクラッシャーだ。かれらは高い誇りを胸に秘め、きょうも宇宙を縦横に駆けめぐっている。

3

「この少年を両親のもとに連れ戻してください」

　エイムズが言った。身を乗りだし、まっすぐにジョウの顔を見つめている。

「うーん」

　ジョウはうなった。腕を組み、あらためて立体写真を凝視した。

　信じられないほどの美少年だ。本当にこの世にいるのだろうか、という疑念が胸に湧きあがってくる。これは、いやな事件だ。誘拐者が誰であれ、薄汚く生臭い意図を持って、この少年を拉致《らち》したに違いない。ジョウは、そう確信した。

「名前はクリス。まだ十歳になったばかりです」

　エイムズが言葉を継いだ。

「クリス？」

　エイムズの言葉にジョウの記憶が刺激を受けた。どこかにひそんでいた情報が、ぼんやりと浮かびあがってきた。

「そうか」ジョウは拳《こぶし》を握り、テーブルを叩いた。

「思いだしたぞ。シクルナの誘拐事件だ。たしか〝ギャラクティカプレス〟のニュースパックで見た。宇宙船が本来の航路から百何十光年ほど外れた宇宙空間を漂っていて、姿のなかったひとりの子供を除くすべての乗客、乗員が惨殺されていたっていうあの件だ」

「そうです」

エイムズは小さくあごを引いた。表情が暗い。

「父親が連合宇宙軍の幹部だったんで大騒ぎになった。覚えているぜ。ニュースなんかめったに見ないけど、あれだけ大騒ぎになったら、いやでも目にしてしまう。クリスは、あの事件のクリスだろ？」

ジョウはエイムズを見た。エイムズはひどく沈みこんでいる。唇を噛み、視線を床に落としている。

「どうした？」

ジョウは訊いた。

「問題は、そこなのです」エイムズは重苦しい声で答えた。

「連合宇宙軍の幹部の息子。その事実が、今回の依頼につながっています」

「父親の立場ってやつかな？」

ジョウの目がわずかに炯《ひか》った。

「ええ」エイムズはうなずいた。

「連合宇宙軍は、二百隻の艦船と、一万人の兵士を動員して捜索にあたりました。クリスの命と引き換えに宇宙軍を脅迫されることへの恐れと宇宙軍への挑戦に対する面子《めんつ》の両方があったからです。しかし、結果はご存知のとおり。二か月経ったいまでも宇宙軍は、手懸りのかけらひとつ得ることができていません」

「それで、俺のところへきたというわけか」

「父親は宇宙軍の人間です。いくら子供が見つからなくても、宇宙軍の捜査方針に不満があるとか、こちらでクラッシャーを雇って独自に捜索するなどとは、口が裂けても言えません。宇宙軍に対する信頼感を損ないますし、軍内部の士気にもかかわってきます。わたしは父親の代理人として、クラッシャーのもとに捜索依頼をしにきましたが、実際の話、それは絶対にあってはならないことなのです」

「ひどいジレンマだなあ」

　ジョウは顔をしかめてみせた。が、軍人の負う制約や形式主義については精通していたので、さほどの驚きはない。

「仕事は、ぜひあなたに引き受けていただきたい。しかし、不本意ながら条件をつけねばなりません」エイムズの口調が、さらに硬くなった。

「捜索は秘密裡《り》におこなうこと。とくに連合宇宙軍に知られてはならない。そして、クリスの救出を第一の目的とし、犯人逮捕などの挙にはでないこと。条件は、この二点です」

エイムズはそう言い、言ったあとで、心配そうにジョウの顔を覗きこんだ。

「無理なお願いでしょうか?」

声のトーンが落ちる。

「報酬は?」

ジョウは無造作に訊いた。

「五千万クレジットです」

「ふむ」

ジョウは瞑目《めいもく》し、あごに指先を置いた。

事情には納得した。それを前提にすれば、依頼主の注文が無理なものとは思えない。だが、それを遵守した上で、この仕事を成功させるのはほとんど不可能に近い。問題はなんといっても宇宙軍だ。かれらはまだ捜査を続行している。ジョウたちが、いかにうまく隠れて動いても、かれらの目から逃れるのは困難だ。仕事を成功させるには、この仕事のことが宇宙軍に知れるまでにクリスの救出を完了する。それしかない。

「だめですか?」

エイムズが、重ねて訊いた。ジョウが目をひらくと、エイムズは眉間に縦じわを寄せて口を歪《ゆが》め、いまにも泣きだしそうな表情になっている。

　やむなく、ジョウは決断した。

「やってみよう」

「おお」

　エイムズは歓声をあげた。顔が一転して、明るくなる。精神の重圧から解き放たれ、瞬時に心が軽くなってしまったらしい。

「喜ぶのはまだ早い」ジョウは、エイムズに釘を刺した。

「あの条件があっては、成功する確率がゼロに近い。そのことを覚えておいてくれ」

「…………」

　エイムズの表情が、また少し曇った。

「まずは情報だ」ジョウは言を継いだ。

「なんでもいいから情報がほしい。事件前後の状況、雰囲気からクリス個人の性格、その他、とにかくありったけの情報を俺にくれ。その中からひとつでもヒントが得られれば、そこから仕事をはじめることができる」

「得られなければ？」

「お手あげだ」ジョウは両手を左右にひろげた。

「無から有は生まれない」

「でしたら」

エイムズは身をかがめて足もとを探った。そこに大きなトランクがあった。それを持ちあげ、テーブルの上に置いた。ロックを外し、中身をすべて天板にぶちまけた。

「入手した資料をあらいざらいここに持ってきました。クリスに関係あるものは、全部です。いっさい選別していません。このトランクに入っているのは文書類だけですが、ほかに衣類、日用品、玩具などが入ったトランクが三つあります」

「用意がいいな」

ジョウはにっと笑い、テーブルの上に山と積まれた書類からノートを一冊、引きずりだした。理由があって、そうしたわけではない。なにげなく手にとっただけだ。適当な頁《ページ》を適当にひらいた。

「シクルナといえば、あまり評判のよくない惑星《ほし》だ」ノートに目をやりながら、思いついたように、ジョウは訊く。

「どうして、そんなところにお坊ちゃんが立ち寄ったのかな?」

「目的があって行ったわけではありません。たまたまシクルナが、乗船していた客船の寄港地だっただけです」

「とんでもない船だ」

ジョウは肩をすくめた。

「クリスはウォーキーのベストゥラ・ジュニアスクールに入っていました」

エイムズは言う。

ベストゥラ・ジュニアスクール。有名な教育施設だ。クラッシャーとしての教育しか受けていないジョウでさえ、その名を耳にしている。名門中の名門校として知られ、学生はすべて大物政財界人の子弟という全寮制の学校だ。そこにいたというだけで、クリスの家の格がわかる。

ジョウはいま一度、立体映像に視線を向けた。なるほど。たしかにクリスの着ているエンジの上着と半ズボンは、噂に聞くベストゥラ・ジュニアスクールの制服だ。

「学年末休暇になり、両親のいるバロアへ帰省するために宇宙船の予約をしたのですが、これがどういう手違いか、バロアへの直行便ではなかったのです」

「運命の岐路ってやつだな」

ジョウは小さく首を横に振り、手にしたクリスのノートをぱらぱらとめくった。

と。

とつぜん、その手が止まった。

「なんだ？　こいつは」

頓狂《とんきょう》な声をだす。

「なんですか？」

エイムズは訊いた。上体を前にだし、ジョウの持つノートの中を覗き見た。

ジョウが、ひらいた頁の真ん中あたりを指差している。そこに何かが描かれている。文字ではない。絵だ。奇妙な図柄である。

二重丸の中に文字とも記号ともつかぬ、ぐにゃぐにゃとした線がいくつか記された落書き。そういう感じの絵であった。それが何かは、エイムズにもまったくわからない。といって子供のいたずら書きにしては、なんとなく意味ありげな文様にも思える。

「これは、クリス自身のノートではありません」エイムズは言った。

「クリスがウォーキーを発つ前日に描いたものですが、かれの友人のノートです。クリスに関係ある文書として、それを担当教師から借りてきました」

「担当教師から？」

「クリスの親友だったその少年は、帰省のときに宇宙船が爆発して死んでいます」

「！」

ジョウの表情が険しくなった。

「ノートはレポートとして提出されていたため、担当教師のもとにありました、そうでなかったら、宇宙船と一緒に吹き飛んでいたはずです」

「この絵の意味、何か知っていないか？」

「ベストゥラ・ジュニアスクールの歴史学の教授が言うには、古代から伝わる悪魔の紋章に酷似しているそうです」

「悪魔の紋章？」

ジョウの頬がわずかにひきつった。少し唖然《あぜん》とする。悪魔の紋章とは、あきれかえった時代錯誤な話である。そんなものが、いまでも研究されたりしているのだろうか。

「この紋章は、悪魔を呼ぶのに使われます」ジョウの反応にはかまわず、エイムズは言葉をつづけた。

「悪魔は電光を用いて火柱を立て、この紋章による呼びだしに応《こた》えるという話です」

「わかった。もういい」

ジョウはノートを閉じた。奇想天外な悪魔のエピソードなど、聞いていても意味がない。

「それより、シクルナでの誘拐前後の状況を教えてくれ」エイムズに向き直った。

「ヒントを探すのはそのあとにする」

「わかりました」

エイムズは言った。それから、順を追い、知る限りのことをジョウに向かって語りはじめた。

二時間後。

ジョウはクリスの立体写真だけを手にして、ホテルの外にでた。アルフィンたちは、まだビーチにいるはずだ。そこに戻ることにした。とりあえず昼寝のつづきをする。あれこれ仕事のことを考えるのは、そのあとだ。ビーチに、でかいトランクを四つも抱えてあらわれるなんてことはできない。それは真っ平だ。そういうものは、ホテルのポーターに届けてもらえばいい。タイミングも、出立直前で十分だろう。

ビーチをめざし、ジョウは歩を進める。機嫌が少し悪かった。エイムズとの長いやりとりの中で、解決につながるヒントが得られなかったからだ。

「悪魔の紋章か」

ふっと思いだし、ジョウはつぶやいた。

あのとてつもない美少年が、祭壇で生贄《いけにえ》に捧げられている図が脳裏に浮かんだ。

「ばかばかしい」

吐き捨てるようにそう言い、ジョウはかぶりを振った。

そのときである。

上空が光った。

ジョウの頭上だ。身が一瞬すくんだ。それほどに強い光だった。光につづき、背後で轟音が鳴り響いた。ジョウは反射的に身を投げだし、地上に伏してうしろを振り返った。

電光が視界を埋める。

幾条もの、すさまじい電撃だ。いつの間にか黒く曇った空から、光の帯がホテルに向かってつぎつぎと降りそそいでいる。

落雷だ。と、ジョウは思った。が、それにしてはあまりにも異常な現象だ。気象管理が完全におこなわれているこの惑星で、いきなりこんな天候急変が起きるはずがない。何か超自然的な力が働いているような気がする。

ふいに炎があがった。

紅蓮の炎が唐突にホテルを包んだ。

「なに？」

ジョウは硬直した。

炎が噴きあがる。天に向かい、赤い柱のようになってまっすぐに噴出する。何百メートルという高さの火柱だ。直径も数十メートルに及ぶ。

ジョウは全身が震《ふる》えるのを感じた。

「悪魔は電光を用いて火柱を立て、紋章による呼びだしに応える」

エイムズの言葉が、ジョウの意識の中で激しく渦を巻き、反響《こだま》した。

ジョウは動けない。地に伏せたまま、ただ凝然と、炎上するホテルを見据えていた。

4

太陽系国家ガルシアドの星域外縁いっぱいに、一隻の宇宙船がワープアウトした。

クラッシャージョウの〈ミネルバ〉である。

宇宙船には、離着床を使用する垂直型と、滑走路を使用する水平型のふたつのタイプがある。〈ミネルバ〉は垂直離着陸も可能な水平型宇宙船だ。したがって、そのフォルムはより航空機に近い。先端は先細りに尖《とが》り、銀色に輝く船体は後方へ大きく広がって翼を兼ねている。船体側面に青と黄色でクラッシャーのシンボルマークである流星が描かれ、二枚ある垂直尾翼には、ジョウの船であることを示す赤いデザイン文字の〝J〟が描かれている。全長は百メートル。全幅は五十メートル。外洋宇宙船としては、あまり大きくない。むしろ小型の船だ。

〈ミネルバ〉はガルシアドの第五惑星シクルナに向かい、加速五十パーセントで静かに航行していた。

「シクルナに、何かあてがあるのかい?」

リッキーが訊いた。ワープアウトから通常航行に至る一連の操作を終えて、少し手すきになったリッキーは、動力コントロールボックスの中で大きく伸びをし、それから、のんびりとした口調でジョウに声をかけた。ジョウはリッキーの目の前、コンソールデスクに面した副操縦席に着いている。

「あると言えばある。ないと言えばない」

ジョウが答えた。まともな答になっていない。まるでなぞなぞである。

「わけわかんないよ」

リッキーは嘆いた。

リッキーの右どなりで、くすくすと笑う声があがった。空間表示立体スクリーンのボックスだ。アルフィンが、そこにいる。

「珍しいわ」笑いながら、アルフィンは言った。

「わからないのが、リッキーだけじゃないなんて」

「どーいう意味だよ」

リッキーはむくれ、唇をとがらせた。

「ジョウが言ってるのは、情報屋のことさ。シクルナの」

ジョウの右横、主操縦席から太い声が響いた。タロスだ。九年前、十歳でジョウがクラッシャーになったとき、クラッシャーダンに頼まれて補佐役として〈ミネルバ〉に乗り組んだタロスは、宇宙船の名パイロットであり、クラッシャー生活四十年の超ベテランでもある。

「シクルナの？」

　リッキーとアルフィンが互いに顔を見合わせた。

「ああ」

　ジョウがぼそりと言った。

「なんだい？　シクルナの情報屋って」

　リッキーはとがらせた口のまま、きょとんとしている。

「底なしのトンチキだな。てめえは」タロスがからかうように言った。

「連合宇宙軍があれほど徹底的に捜査したところへ、いまごろのこのこもぐりこもうというんだぜ。正攻法でいったたって手ぶらで帰ることになるのがオチだ。それどころか、へたすると宇宙軍に俺たちのことがバレて、契約違反に問われちまう可能性もある」

「んなこと、俺らだって知ってるよ」リッキーは顔を赤くして、反論した。

「俺らが訊いてんのは、それがどうして情報屋につながるかってことだ」

「うー」タロスは一声うなり、顔を手で覆った。

「あほが感染《うつ》る」

「タロス、しっかり！」

　アルフィンが応援した。

「いいか、未熟児！」タロスはリッキーを睨み、怒鳴った。「正攻法でやらないってことは、裏の手を使うってことだ。蛇の道はヘビ。わかるか？現場は、おあつらえ向きに惑星シクルナ。できねえ話じゃない」

やまねこ座宙域のサラーンをはじめとする多くの星間貿易の中継惑星がそうであるように、シクルナもまた麻薬と犯罪の巣窟《そうくつ》となっていた。そこには富と貧困の両極が入り混じって存在し、いくつもの犯罪シンジケートが牙を剝きだして常に対峙《たいじ》している。

そういった場所で、もっとも重宝がられているのは何か？

言うまでもない。情報屋だ。暗黒街の極秘情報をいち早く仕入れ、それに莫大な値をつけて売りさばく情報屋。かれらは疎《うと》まれながらも繁栄する、いわば、闇世界の徒花《あだばな》であった。

「連合宇宙軍がどんなに強大な権力を握っていても、暗黒街に跳梁跋扈《ちょうりょうばっこ》する情報屋を自在に使うことは不可能だ。だが、俺たちはクラッシャー。ならず者じゃあねえが、宇宙軍のような堅物《かたぶつ》ともちょいと違う。といって、一般市民でもない。しきたりさえしくじらなければ、情報屋だって利用できる立場にある。そういう人種だ」

「はーん、なるほど」リッキーは小刻みに首を縦に振り、言った。

「それで、あてがあるって意味はわかった。だけど、ないと言えばないってのは、なんなんだよ？」

「ばっかねえ。これだけ聞いても、まだわかんないの？」今度は横からアルフィンが、あきれたように言った。

「いくら情報屋がいたって、訊く材料がなければなあんにも教えてなんかくれないわ。エイムズさんが死に、資料がみんな燃えちゃって、手もとにはクリスの立体写真以外ヒントのヒの字もないという状況よ。これで情報屋に何を訊くっていうの」

「ごもっともで」

アルフィンにまでやりこめられて、リッキーはひたすら小さくなった。

「ったくもう、こんな鈍いやつがクラッシャーやってるんですから世も末ですぜ。ジョウ」

タロスはジョウを振り返った。

「…………」

が、返事がない。ジョウはコンソールを見つめ、じっと何かを考えこんでいる。三人のやりとりは、まったく耳にしていない。

「やれやれ」

タロスは正面に向き直った。無駄話は終わりだ。どうやら、操縦に専念したほうがいいらしい。

「…………」

雰囲気を察し、アルフィンとリッキーも口をつぐんだ。

ジョウはクリスが誘拐された前後の状況を、心の中で反芻《はんすう》していた。

クリスは、定期客船〈スピカ〉に乗ってシクルナのダザール宇宙港へと入港した。バロアへ直行する〈デジャー・ソリス〉を予約する予定だったが、手違いということで搭乗券を確保できず、やむなく〈スピカ〉に乗船することとなった。

〈スピカ〉がダザール宇宙港に停泊していた三日間、クリスは一歩も船外にでなかった。おそらく同行していた従者が外出を禁じたのであろう。シクルナが、どういうたぐいの惑星《ほし》であるかを知らぬ者は、ほとんどいない。

そして、三日目。〈スピカ〉は、八人の乗員と二十九人の乗客を乗せたまま、宇宙港の発着が絶えた時間を見計らって、とつぜん発進した。即座にシクルナ警察の宇宙船が追撃を開始したが、追いつくことができなかった。非常識ともいえる猛加速で〈スピカ〉は宇宙空間を疾駆し、ガルシアドの星域外にその船影を消した。

五日後、連合宇宙軍の懸命の捜索により、ガルシアド星域から百九十三光年離れた宇宙空間に漂っていた〈スピカ〉が発見された。乗客、乗員はすべて、その肉体をずたずたに引き裂かれ、絶命していた。だが、折り重なる屍体《したい》の中に、クリスの姿がなかった。宇宙軍は船内を隈《くま》なく調査した。徹底的に調べた。しかし、ついにクリスを見つけることはできなかった。

以来二か月。この方面の宇宙軍の総力を挙げての捜査にもかかわらず、クリスの行方はいまに至るも、杳《よう》として知れない。

ジョウはため息をついた。それから、小さくかぶりを振った。

これまでに確認された失踪に至る状況が、なんの参考にもならない。わからないことばかりだ。考えれば考えるほど、理解不能に陥っていく。

乗っ取り犯が乗客に化けて〈スピカ〉に乗りこみ、宇宙船をハイジャックした可能性は、たしかにある。が、出国手続きはどこの宇宙港でも相当に厳しい。乗客にまぎれようが、宇宙港職員を装ってもぐりこもうが、連合宇宙軍によるその後の捜査で、その工作は間違いなく明らかになる。どれほど巧みに隠蔽《いんぺい》されていても、必ず露見する。

皆無だ。手懸りが。

「ジョウ！」

ふいにタロスが大声を発した。唐突に名を呼ばれ、ジョウははっとして、首をめぐらした。

「邪魔して悪いんですが、シクルナの衛星軌道に進入しなくちゃなりません」

タロスの言葉に、ジョウはあわててメインスクリーンに目をやった。

いつの間にか、鮮やかな青と白とに彩《いろど》られた惑星シクルナが、眼前いっぱいに広がっている。

「入国申請をお願いします」

タロスは言った。申請は船長の仕事だった。

〈ミネルバ〉は、事件のあったダザール宇宙港に着陸した。

滑走路からバイパスを抜け、駐機スポットに入る。ジョウ、タロス、リッキー、アルフィンの四人は、宇宙港ビルの管理事務所で最終入国手続きをすませ、外にでてタクシーに乗った。

向かった先は、ダザール宇宙港から北へ八十キロの位置にあるパザムシティである。シクルナ一と言われている大都市だ。ただし、シクルナ一といっても、超高層ビルが幾十と林立する機能美に満ちたおしゃれなビジネス都市などではない。パザムシティは賭《と》博《ばく》と酒、犯罪の街として、その名を知られている。悪と汚濁の快楽の都。それが、シクルナナンバーワン都市の正体だ。

ダザール宇宙港に着いたのが夕刻だったので、タクシーがパザムシティに入るころには、もうすっかり日が暮れていた。しかし、不夜城のパザムシティに夜はない。いや、夜こそがパザムシティのベストタイムだ。街が活気づき、激しく息づく時間である。

「すげえ！」

タクシーから降りるなり、リッキーが歓声をあげた。

見渡す限り、空間という空間はＣＧやレーザー光線による立体映像のけばけばしい色彩で埋めつくされ、街路は行き交うエアカーと人の波にあふれている。どの顔も一攫千金《いっかくせんきん》を狙い、表情の隅々にまで必勝の活力をみなぎらせた貪婪《どんらん》な顔だ。パザムシティの一日は、いまはじまったばかりであった。

「俺《おい》ら、こんなとこはじめてだ！」

昂奮して、リッキーが叫ぶ。

「嘘こけ」タロスがリッキーの頭をこづいた。

「ヌヴォイのカジノに連れてってやったはずだ。人さまの恩義をもう忘れちまったのか」

「けっ、恩着せがましくよく言うよ。あんなとこ、ここに比べたら田舎町のゲームセンターじゃないか」

「ぬかせ！　あんとき、こんなすばらしいところへ連れてきていただき、タロスさんには感謝の言葉もありません、とかほざいて泣きながら感動してたのは、どこのどいつだ」

「俺ら、知らない」

リッキーは、そっぽを向いた。

「なにい！」

「なんだよ！」

「ふたりとも、いいかげんにしろ！」

大群衆がごった返す路上で、罵《のの》り合いの口火が切られた。こうなっては、もういけない。ジョウはリッキーとタロスの間に、割って入った。

「俺たちは、遊びにきたんじゃない。仕事できたんだ」ジョウが大声で怒鳴る。

「カジノも酒場も、俺たちには無縁だ。行きもしない場所のことで、ごちゃごちゃ争うのはやめろ」

「そうよ」アルフィンも叫んだ。ジョウに同調した。

「ふたりとも、はしゃぎすぎ。まず、情報屋に会って事件の糸口をつかむのが先でしょ。なんのために高い金を払って童顔《ベビーフェイス》ボビィから情報屋を紹介してもらったと思ってるの！」

すさまじい口調だ。そのアルフィンの剣幕に、さしものふたりも、しゅんとなった。

「返す言葉もありません」

リッキーが神妙に言う。

「おとなげない振舞いでした」

タロスも頭を下げる。

「喧嘩は当分お預けだ」

ジョウが言った。

「はーい」

タロスとリッキーが首うなだれ、うつむいた。

「そんなにしょげないでよ」アルフィンが一転して陽気に口をひらいた。

「情報屋に会いさえすれば、あとはいくらでも遊べるんだからあ」

「あ！」

ジョウは、ばったりと倒れた。

5

「連絡がついたぜ」

ジョウが戻ってきた。自分の席に着く。卓上のメラ茶は、もうとっくに冷《さ》めてしまっている。

四人はパザムシティにあるホテルのラウンジにいた。市内は博奕《ばくち》打ちやら酔客やらの喧騒《けんそう》に満ち満ちていて、落ち着いて話のできる場所などどこにもない。そういう中で、ようやく探しあてたのがここだった。

「どうなりました？」

タロスが訊いた。

「すぐに会えると言っている」

「そいつぁ、いいや」

タロスはさっそく腰を浮かせた。アポイントがとれたのなら、もうここに用はない。

「あわてるな」

立ちあがろうとするタロスを、ジョウが止めた。

「条件がある」言葉を継いだ。

「俺ひとりだけが丸腰でこいと言われた」

「丸腰？」

リッキーが甲高《かんだか》い声をあげた。表情が険しい。

「ジョウひとりで行くなんて危険だわ」

アルフィンも、心配そうに言った。

「大丈夫だ」ジョウは明るく笑った。

「丸腰といっても、服装までは制限されていない。俺が着ているのはクラッシュジャケットだ。武装しているのも同然ということになる」

クラッシュジャケットは、クラッシャーのいわば制服だ。ブーツと一体になった銀色のボトムに、色違いの上着《トップ》が組み合わされている。色を変えているのは、個人識別のためだ。ジョウのチームでは、ジョウがブルー、リッキーが淡いグリーン、タロスが黒、アルフィンが赤を着る。トップもボトムも防弾耐熱の特殊繊維素材でつくられており、衿《えり》を立ててヘルメットをかぶり、専用の手袋をはめれば簡易宇宙服にもなる。トップには飾りのように数多くのボタンが装着されているが、これはアートフラッシュと呼ばれる強酸化触媒ポリマーだ。引きはがして投げれば、発火するようになっている。また、左袖口には、小型の通信機もはめこまれている。

「俺らたちはどうするんだい?」リッキーが訊いた。

「ここで、ずうっと兄貴を待ってるのかい?」

「そんなつまらないまねはしたくないんだろ?」

ジョウはリッキーを見た。

「へへへへへ」

リッキーは意味ありげに笑った。

「自由行動にしよう。あとでどこかで落ち合う。それでいい」

「やったあ!」

リッキーは指を鳴らした。

「いいんですか? ジョウ」

タロスが眉をひそめて言った。しかし、なぜか口もとがだらしなくゆるんでいる。

「ヴァニールの休暇を中途半端に終わらせてしまったんだ」ジョウは言う。

「ここらでちょいと穴埋めさせなきゃ、船員が叛乱を起こす」

「一理ありますな」タロスは大きくうなずいた。

「そういうことでしたら、一勝負させていただきます」

タロスは揉《も》み手しながら立ちあがった。表情《かお》は、さらにだらしなく崩れまくっている。

「じゃあ三時間後にここで会おう。変更があったら、通信機で連絡する」

ジョウが言った。

言ったときにはもう、タロスもアルフィンもリッキーも、ジョウに背を向けていた。返事すらしない。三人とも、わずかに右腕を挙げて、ジョウの言に応えるだけ。一瞬にして、心がどこかに飛んでいってしまったらしい。三人は大声であれこれ言葉を交わしながら、ラウンジからそそくさと姿を消した。

あとに残るのは、ジョウひとりである。

「なんて連中だ」

肩をすくめ、ジョウも席を立った。

往来にでて、ホテルの前の通りを西に歩いた。五百メートルほど行ったところで右に折れる。巨大な立体映像の間に、ぽつんと小さな標識があった。表面に文字が浮かんでいる。ベルストリートと読めた。ジョウは小さくあごを引き、その通りをまっすぐに進んだ。

しばらく行くと、四十三ブロックと書かれた表示が目に入った。ジョウがくるように言われているのは、四十三ブロックのB十一である。ジョウは目当ての建物を探した。四十三ブロックのB十一は狭い路地裏の突きあたりにあった。表通りの立体映像やレーザーの光も、ここまでは差しこんでこない。該当する番地のビルは、うらびれた雰囲気の八階建てだ。あたりが薄暗い。いかにも情報屋と呼ばれる人種が住むにふさわしい感じの建物である。

ジョウはビルの中へと足を踏み入れた。

内部は外と違い、天井面と壁面が明るく輝いていた。一階は狭いホールになっていて、右手に無人の受付用コンソールデスクがある。人影はない。ジョウはコンソールデスクに歩み寄った。先ほど、ジョウはホテルの外で通信端末を使い、情報屋とのコンタクトをとった。情報屋はビルに入ったら、キーを打てと指示を発した。ジョウは教わった数字をコンソールデスクで入力した。

左手の壁がひらいた。エレベータだ。向かうように言われたのは、五〇四号室である。ジョウはエレベータに乗った。五階で降り、通路を歩いて、部屋のナンバーを調べた。すぐに五〇四と書かれたドアが見つかった。

ジョウはドアをノックする。五つ打って、二拍間を置き、また五つ。と、どこからか声が聞こえた。

「メリーおばさん、何してる？」

「腹がですぎて美容体操」

「大当《ジャックポット》たりだ。入んな！」

ドアが音もなく横にスライドした。ジョウは中に進んだ。からだが沈む感覚がある。ジョウは足もとを見た。毛足の長い、厚さ五センチはあろうかという豪華な絨緞《じゅうたん》が床に隈《くま》なく敷きつめられている。

ジョウは周囲を見まわした。思わず口笛を吹いた。

二十メートル四方はあろうかという広い部屋だった。その部屋全体が、あきれるほどに贅沢《ぜいたく》な調度で華々《はなばな》しく飾られている。天井には五基のシャンデリア。室内のそこかしこには、ハンドメイドとおぼしきテーブルや椅子が、これ見よがしにでんと置かれている。恐ろしく金のかかった豪勢な部屋だ。ビルの外見からは、とても想像できない中身である。

部屋の中央に巨大なソファがあった。その一脚に、ひとりの男が長々と寝そべっている。原色の派手なシャツとズボンを身につけ、金縁の色濃いサングラスをかけた、背の高い痩《や》せた黒人だ。ジョウが近づくと、男は上体を起こし、右手をのったりと伸ばした。

「クラッシャージョウだ」

ジョウが言う。

「大当《ジャックポット》たりレイスだ」

ふたりは握手した。ジャックポット・レイスは、シクルナ一の情報屋と言われている。

「クラッシャーに会うのは、生まれてはじめてだぜ」

ジョウが向かい合うソファに腰をおろすのを待って、レイスは切りだした。

「俺も情報屋に会うのは、生まれてはじめてだ」

ジョウは言葉を返した。ふたりは顔を見合わせて笑った。

「何を知りたい?」

ふっとレイスの口調があらたまった。ソファ脇に置かれたテーブルの中央に、グラスがふたつせりあがってきた。茶褐色の液体が入っている。おそらくはアルコールのたぐいであろう。ふたりは、それぞれのグラスを把《と》った。

「〈スピカ〉事件のことを調べている」

ジョウが言った。さりげない口調だった。口もとまで行っていたレイスのグラスを持つ手が、ぴくりと跳《は》ねて止まった。

「クリスってガキの親に頼まれたな」レイスはにっと笑う。

「そうだろ?」

「……………」

ジョウは何も答えない。無言のまま、じっとレイスの顔を見つめている。

「まっ、いいさ」レイスは肩をそびやかした。

「俺は客のことをあれこれ詮索《せんさく》しない主義なんだ」

「この件で、何かネタを握っていないか？」

　ジョウは訊いた。

「掛値なしのことを言う」レイスは真顔になった。

「あの事件の情報は、これっぱかしもねえ」

「どういうことだ？」

「どうもこうもない。なあんも流れてこねえんだ。まるで犯人なんか、どこにもいやしねえって感じで」

「意味がわからない」

「犯人がいれば、ネタが入る。どんなに隠しても無駄。俺の地獄耳から逃れることはできない。だが、今回は何も入ってこない。てえことはどこにも犯人がいねえということだ。それ以外に、情報がない理由はない」

「まいったな」ジョウはグラスの液体を一口飲んだ。

「あんただけが頼りだったのに」

「俺だって、その信頼に精いっぱい応えたい」レイスは大仰に顔をしかめた。

「けど、ねえものはしょうがない。正直に、ないと言う。適当にガセネタであしらったりしたら、俺の信用に傷がついちまうんだ」

「あんたはいいやつだ。レイス」

「うれしいことを言ってくれるぜ」

レイスは乾杯のしぐさをした。

「何か書くものがあるかな？」

思いついたように、ジョウが訊いた。

「書くもん？　ああ、あるぜ」

パネルボードと、スタイラスペンを渡された。

ジョウはボードの上にひとつの図形を描いた。二重の同心円に、正体不明の記号をあれこれと書き連ねた絵である。それをレイスに見せた。

「うろ覚えだが、こんな感じだ。心あたりはないか？」

「ほえっ！」

レイスは頓狂《とんきょう》な声をあげた。

「知っているようだな」

「おまえ、恐ろしいものを持ちこんでくれるぜ」

レイスは意味ありげな上目遣いで、ジョウを凝視した。

「こいつはいったいなんだ？」

「ちょいと待ってな」

レイスははやるジョウを手で制し、ソファから立って部屋の端にあるデスクの前に行った。引きだしをあけ、なにやら盛んに中をかきまわしている。

「あった。これだ」

メダルのようなものを手にして戻ってきた。

「こいつが正しい図形だぜ」

そう言い、レイスはジョウの眼前にメダルを差しだした。ジョウは、それを手に把った。丸い金属製のメダルだ。表面に刻まれた図形は、たしかにあのノートに描かれていた絵とそっくりである。ジョウはメダルをひっくり返し、裏を見た。ピンクリップがついている。

「バッジじゃないか」

「暗黒邪神教のバッジだ」

「暗黒邪神教？」

「秘密宗教よ。悪魔礼讃を教義としていてな。表には顔をだしていない」

「それで、悪魔の紋章をバッジに……」

「なんだ。知ってるじゃねえか」

レイスはグラスを正面に突きだした。

「知っているのは、それだけだ」ジョウは言った。

「で、このバッジだが、どこで手に入れた？」

「そいつは勘弁。絶対に言えねえ。俺の命にかかわってくる」

レイスは大袈裟《おおげさ》に全身を震わせた。おどけた動きだが、顔は真剣だ。

「このバッジを胸につけて、この界隈《かいわい》をうろついたらどうなると思う？」

「よしたほうがいいな」レイスはかぶりを振った。

「ろくなことがない」

「やってみたい。このバッジを譲ってくれ」

ジョウは身を乗りだして、言った。バッジを手に、レイスをまっすぐ見つめる。

「うーん」

レイスは腕を組んだ。

「オッケイ。わかった。そいつはあんたにやる」ややあって、諦めたようにレイスは言った。

「しかし、何があっても俺から流れたことは明かすな。秘密にしろ」

「承知した」ジョウは立ちあがり、丸めた札束をレイスに渡した。

「クラッシャーを信じてくれ」

「もう行くのか？」レイスの目が丸くなった。

「ゆっくりしていけよ。少し世間話でもしよう」

「悪いが、時間がない」ジョウはもうドアに向かおうとしている。

「できれば、こいつの霊験《れいげん》を早くたしかめたいんだ」

「やれやれ」レイスは苦笑し、腰をあげてジョウに並んだ。

「あんたを信用するぜ。クラッシャージョウ」

ドアの前まで送り、そう言った。

ジョウはレイスの部屋をでた。エレベータで一階に下り、外見だけが薄汚かったビルをあとにした。

さっそくバッジをクラッシュジャケットの胸に留め、ジョウは喧噪《けんそう》かまびすしい街路へと繰りだした。

三十分と経たないうちに、効果があった。

6

立体映像で飾られていない裏通りをぶらぶらと進んでいるときだった。

ジョウはひとりの男とすれ違った。

とくに根拠はなかったが、何か起きるとすれば、昼間のように明るいメインストリートよりも、薄暗い裏通りのほうが確率が高いとジョウは考えていた。

すれ違ったのは、なんの変哲もない男だった。年齢は三十そこそこだろうか。中肉中背で、あまりめだたない平凡な顔だちをしていた。服装はスペースジャケットだ。ジョウは船乗りだと思ったが、それもたしかではない。こういう惑星《ほし》では、誰もが中古のスペースジャケットを着ている。

が、ジョウはその男に注目した。どう見ても、ごくふつうの市民だが、ひとつだけ、そうではないところがあった。男は、胸に暗黒邪神教のバッジをつけていた。

通り過ぎた刹那《せつな》、男は身をひるがえし、ジョウの背後に身をすり寄せてきた。

「二二〇〇。マナール宇宙港。四三二スポット」

男が囁《ささや》いた。と、つぎの瞬間。男はもうジョウから離れ、立ち去ろうとしていた。ジョウがはっとなって身構えたときには、すでに姿がない。それほどに手慣れた、無駄のない動きだった。

ジョウは時計に目をやった。

八時二十六分。二二〇〇までは、あと一時間半ほどしかない。

ジョウはマナール宇宙港の位置を知っていた。パザムシティから二百数十キロは離れている。いまからエアカーを飛ばしても、到着するのは、二二〇〇ぎりぎりになる。

タロスたちとの待ち合わせのことを考えた。その時間も二二〇〇だった。ジョウは通信機で連絡をとろうとした。スイッチをオンにし、口もとに左手首を寄せた。すさまじい雑音が、甲高く鳴り響く。ジョウはあわてて、ボリュームを調整した。恐ろしく電波状態が悪い。

磁気嵐かな？

ジョウは首をひねり、しばらく調整をつづけた。しかし、雑音は消えない。通信は不可能だ。

連絡を諦めた。それは、あとでもできる。いまは時間がない。ジョウは、そう判断した。まだ謎だらけだが、クリスを捜索するための唯一の手懸りらしきものをジョウは得た。この千載一遇のチャンスを無にするわけにはいかない。

メインストリートにでて、タクシーを拾った。マナール宇宙港に向かった。

通信機の雑音が暗黒邪神教のバッジのせいだということに、ジョウは気づいていなかった。

そのころ。

タロス、リッキー、アルフィンの三人は、メインストリートの真ん中を歩いていた。

いや、違う。歩いていたという表現は、かれらの場合、正しくない。むしろ、うろついていた、とか、騒いでいた、と言うべきであろう。それほどにその中のひとり、アルフィンの行動が常軌《じょうき》を逸していた。

「きゃあっ！　この店はなんなのよぉ！」

アルフィンが叫ぶ。

「う……」

リッキーとタロスは呻《うめ》き声をあげ、頭を抱える。

「これで十五軒めだよ」

リッキーが言った。

「ホテルをでてから一時間以上経ったというのに、まだ三百メートルと動いちゃいねえ」

タロスがこぼした。

「ちょっとぉ。ふたりで、なにこそこそ話をしているの？」

嘆き合うふたりを見て、アルフィンがきびすを返した。どすどすどすと、足音荒く近寄ってくる。リッキーがあわてて両手を振った。

「なんでもない。なんでもないよぉ」

「そうなんだ」タロスも言う。

「俺たちは、この店がなんの店かを考えていただけだ」

「ばっかじゃないの」アルフィンは軽蔑のまなざしで、ふたりを睨んだ。

「そんなの、CGサインを見りゃわかるじゃない。これ、雑貨屋よ」

「ああ」

ふたりは抱き合い、絶望の悲鳴を発した。

そもそも、はじまりからして悪かった。ホテルからメインストリートに向かう途中に小さなスタンド式のバーがあった。どこの街にもある、土地の名産で一杯やれる店だ。よせばいいのに、タロスがそこで景気づけをしていこう、と言いだした。

シクルナ名物、ドグル鳥の肝の塩づけでワインを飲んだ。アルコール度数のごくごく低いやつである。

もちろん、リッキーもアルフィンも付き合った。未成年者の飲酒制限は、太陽系国家や惑星によってまちまちである。シクルナは、環境が環境なので、この制限が低い。とくに低アルコールのワインに関しては、水と同じ扱いがなされている。となれば、タロスひとりにおいしい思いをさせておくほど、リッキーとアルフィンは寛容ではない。ふたりとも、タロスに倣《なら》ってひたすら食べ、かつ飲んだ。

とつぜんだった。アルフィンの態度が変わったのは。

まさしく豹変である。いきなり、すさまじいまでの躁《そう》状態に陥った。

頰をほんのり桜色に染めて、アルフィンは何ごとか、けたたましくわめきはじめる。

事態の異常さに気がつき、タロスとリッキーは、あわててアルフィンを店の外に連れだした。が、それはもう遅かった。

そのあとは地獄となった。

ワインにすっかり酔ってしまったアルフィンは、ただひたすらに騒ぐ。暴れる。立体映像やレーザー装飾に輝く店を見つけると、大声でその店の名を訊き、店の種類を問い、中にずかずか入り、やたらに品物を見たがり（カジノだと大勝負をやりたがり、飲み屋なら酒を飲みたがる）、あげくの果ては店員と悶着を起こし（カジノならディーラー、飲み屋ならバーテンが相手）、平身低頭するリッキーとタロスに店外へ引きずりだされるという狂態を繰り返した。

「俺《おい》ら、もうやだ！」

リッキーが泣き言を言った。

「ひとりでいやがるな。俺も付き合う」

タロスも限界にきていた。ほとほと手を焼き、うんざりしている。対するアルフィンは、そんなふたりをはたから眺めて、へらへらと笑っている。

そのときだった。

「喧嘩だ！」

声が響いた。

即座に反応したのは、タロスとリッキーだった。ふたりはびくっとおもてをあげ、首をめぐらした。瞬時にして、目の色が変わっている。いましがたまでのいじけた様子は、もうどこにもない。

筋向かいの派手にデコレーションされたカジノの前に、黒山の人だかりができていた。やじ馬の輪である。かなり大きい。どうやら相当に大きな喧嘩のようだ。

「なによぉ。喧嘩なんて、大っきらい！」

アルフィンが吐き捨てるように言った。しかし、タロスとリッキーの耳には、その声が届かない。

「俺ら、ちょっと行ってくる」

リッキーが言った。

「待て。俺も行く！」

タロスも叫んだ。ふたりはあたふたと駆けだした。もはやアルフィンのことは眼中にない。なんといっても、そこで喧嘩が起きているのだ。

アルフィンは置いてきぼりにされた。

「やん。あたしも行くぅ」

アルフィンがふたりのあとを追った。

リッキーが人垣にとりついた。そのまま、小柄なからだを利して、人と人の隙間にするするともぐりこんでいく。

「野郎。抜け駆けしやがって」

タロスは二本の腕を人びとの間にむりやり突っこんだ。あとは怪力にものを言わせて、人波を押しのける。押しても動かないときは人の壁を引きはがし、入りこむ空間をつくる。強引無比のやり方だが、傷痕に埋めつくされたタロスの顔を見てしまったら、誰も文句が言えない。

ふたりは、あっという間に群衆の最前列にでた。

「やってる。やってる」

リッキーがうれしそうに言った。昂奮して、シャドウボクシングをはじめた。フットワークでリズムをとる。

「なんだ。五対一じゃねえか」

タロスが言った。不満そうに鼻を鳴らした。

六人の男が、壮烈な殴《なぐ》り合いをしていた。六人とも、スペースジャケットを着た船乗りだ。五人のほうがモスグリーンのスペースジャケットで、ひとりのほうがグレイのスペースジャケットを身につけている。

グレイの男はからだが大きい。しかも、喧嘩慣れしている。動きが速く、体捌《たいさば》きが軽い。ひとりでありながら、五人を相手によく闘っている。しかし、やはりその差四人は厳しい。どちらかといえば、押されぎみだ。

「あっ！」

ふいにタロスが叫び声をあげた。細い目を丸く見ひらき、右手を突きだして、グレイの男を指差した。その手が小刻みに震えている。

「バード！」

タロスは言った。

「なんだって？」

タロスの両横で、べつの声があがった。リッキーとアルフィンだ。ふたりは驚き、タロスの顔を見つめている。が、そのふたりよりも、もっと驚いた者がいた。

ふいに名前を呼ばれたグレイの服の男だ。

男は喧嘩の最中であることも忘れ、声を発したタロスに視線を移した。

男の目も丸くなった。

「タロス！」

「バード！」

そう確認し合った直後。グレイの男のあごに相手のパンチが入った。気を抜いていた男は、もんどりうって路上に転がった。

「野郎！」

目を血走らせ、タロスが飛びだした。リッキーもすかさず、そのあとにつづく。

「なんだ。きさまら？」

ふたりの前に、五人の男が立ちはだかった。

「うるせえ」

タロスは手近な男の顔面に右ストレートを叩きこんだ。男は五メートルほど宙を飛び、まわりを囲む見物人の中に突っこんで、そのまま気絶した。

それが、きっかけになった。

四対二のあらたな喧嘩がはじまった。アルフィンは「しっかり！　そこよ！」などと声をかける役を担《にな》った。

勝負は、一瞬で終わった。

わずか数秒の乱闘だった。タロスが腕を三回振るだけで、決着がついた。四人は失神し、仰向けに倒れてぴくりとも動かなくなった。実力差のありすぎる、あまりにもあっけない幕切れだ。群衆は口ぐちに「つまらねえ」とか「手加減しろよ」とか勝手なことをつぶやきながら、どこかに散っていった。気がつくと、人垣の中に仲間でもいたのだろうか、意識をなくしていた五人も、タロスの足もとから姿を消している。

タロスはグレイの男の様子を見にいった。

男は、すでに意識を取り戻していた。

「すまねえ、タロス。助かった」

男は礼を言った。

「水臭いぞ。バード」タロスは言った。

「礼を言われるほどのことは、しちゃいねえ」

バードが起きあがろうとした。タロスは手を貸した。ふたりの目と目がまっすぐに合った。

「十九年ぶりかな」

薄く笑い、タロスが言った。

「ああ。それくらいだ」

立ちあがり、バードはうなずいた。身長は一メートル九十センチ前後。タロスより少し低い。肩と胸に筋肉が盛りあがっている。鍛えあげたからだだ。角張った顔と小さな目。それが、いかにも実直そうな印象を見る者に与える。年齢は四十七、八歳といったところか。けっして若くはない。

「いったい、なんの喧嘩だったんだ?」

タロスは訊いた。

「つまらんことだ」バードは肩をそびやかした。

「カードでちょいとからまれた」

「イカサマか?」

「ああ」

「見たところ、そんなヤクザでもなかったが」

「そんなことより、そっちのふたりだ」バードは話題を変えた。

「仲間を紹介してくれ」

リッキーとアルフィンのことである。

「おまえのチームか？」

「いや」タロスは首を横に振った。

「俺はチームリーダーじゃない」

「なに？」バードは驚愕した。

「嘘だろ。ダンの親父《おやっ》さんは引退したって聞いてるぜ」

「チームリーダーはクラッシャージョウだ」

「ジョウ？」

バードはきょとんとなった。そんなクラッシャーの名前は耳にしたことがない。

「あっ」いきなり、大声をあげた。

「ジョウってまさか――」

「そのまさかだ」タロスはにっと笑った。

「ダンの息子だよ。おまえがクラッシャーをやめる直前に生まれたあの坊やが、俺たちのリーダーになった」

「信じられねえ」バードの小さな目が、いっぱいに見ひらかれた。

「とたんに、老いぼれたって気がしてきた」

「ようようよう」リッキーがタロスの横に並び、その脇腹を肘で突いた。

「いつになったら俺らたちを紹介してくれるんだい？」

不満を露骨にあらわし、そう言った。

第二章　パザムシティ

1

「〈ミネルバ〉機関士のリッキーと、航法士のアルフィンだ」

　タロスがふたりを紹介した。

　リッキーとアルフィンは、バードと握手を交わした。

「こいつはバード。おまえたち、とくにリッキーの大先輩だ」

「じゃあ、機関士なの？」

「そうだ。それもクラッシャーダンの率いる〈アトラス〉の名機関士だった」

「やめてくれ、タロス」顔を赤くして、バードが言った。

「いまじゃ、しがない貨物船の船長だ。若い連中にむかしのことを言うのは勘弁してくれ」

「なに照れてるんだ」タロスは笑った。

「おまえの柄《がら》じゃないぞ」

そして、タロスはリッキーとアルフィンに向き直った。

「ここでいったん散らばろう」タロスは言った。

「俺はバードとふたりでおとなの話をする。おまえたちは、どこかで適当に遊んでこい。俺が待ち合わせに遅れるようだったら、先に〈ミネルバ〉に帰っていてくれ」

「そんなのねえよ！」

リッキーが叫んだ。必死の形相である。こんなところで、こんな状態のアルフィンを自分ひとりに押しつけられるのは納得できない。

「そーよ！」アルフィンも大声でわめいた。

「あたしたち、タロスのように遊び慣れてないのよ。どこへ行ったらいいのかも、わかんない」

「気持ちはわかる」タロスは、なだめにかかった。

「だが、俺の友情のことも察してくれ。二十年近く会ってなかったんだぞ。しんみりと旧交を温めたいんだ」

「若い連中が遊ぶのなら、いい場所がある」

横からバードが言った。

「どこだ？」

タロスはバードの助け船を受けた。

「パザムシティの西の端。そこに、でかい湖がある。湖のまわりはテーマパークで埋めつくされていて、その中には、一晩中やっているアトラクションや、アウトレットショップ、クラブ、ディスコが、それこそわんさとうなっている。タクシーで行けば二十分とかからねえんじゃないかな」

「オッケイ、決めた！」タロスはぱんと手を打ち、大声を発した。

「リッキー、アルフィン。おまえらが行くのはそこだ。うん。そこがいい。そこがいちばんだ」

「ちえっ」リッキーが舌打ちした。

「勝手なことばっかし。でも、まあいいや。そこは、なんとなくおもしろそうだ」

「そうよね」アルフィンも賛同した。

「あたしたち、そうする。そこに行く」

そして、けらけらけらと笑った。どうやら酩酊《めいてい》がいい方向に作用したらしい。

タロスは、ふたりにかなりの額の現金を渡した。こういう惑星では、カードだけですべてをすませるのはむずかしい。現金がものを言う事態に、少なからず遭遇する。

「じゃあな」

タロスはバードと肩を並べ、雑踏の中に消えていった。リッキーとアルフィンはすぐにタクシーを拾い、湖畔のテーマパークへと向かった。

「ここでいいだろう」

バードがあごをしゃくった。

「ああ」

タロスは小さくうなずいた。さりげなく、左手首に右手を伸ばし、通信機の機能を止める。リッキーが泣きを入れてきたときに備えての用心だ。バードと酒を酌《く》み交わすこれからの時間、誰にも邪魔をされたくはない。とくに、リッキーやアルフィンからの呼びだしはごめんだ。応じても、ろくなことがない。

地下にある、穴倉のようなバーに入った。

ボックスシートが満席だったので、ふたりはカウンターに腰を置いた。薄暗い店内には、煙草や麻薬の煙と人いきれが色濃く漂い、ロボットのバンドが騒がしいだけの曲を異様に正確な音程でがちゃがちゃと演奏している。

「まだ、ここの地酒を飲んでないんだろ？」

バードが訊いた。

「ワインならさっき飲んだ」

「ワインは水だ。ここで飲むのなら、ピムしかない。ピム酒を飲まないやつは、子供扱いされる」

バードは、ピム酒をボトルで注文した。

「やじ馬の中におまえの顔を見たときはびっくりした」

注文を終えると、バードはしみじみと言った。

「そいつは俺も同じだ」タロスは薄く笑った。

「まさかこんなところで出会うとは、思ってもいなかった」

酒がきた。ふたりは再会を祝し、乾杯した。ふたりとも、グラス一杯を一息で飲み干した。

「にしても、タロスがジョウのチームにいたとはなあ」

二杯目のピム酒を、バードがそれぞれのグラスにそそいだ。

「おかしいか？」

「若いチームに、ご老体がひとり混じっている」

「言ってくれるぜ」

「あのアルフィンって航法士、いくつなんだ？」

「十七だったかな。ピザンの元王女だ。ちょっと前、いろいろあって、クラッシャーになった」

「なるほど」バードは納得した。

「あんなとびきりのアイドル美少女が、なんでがさつなクラッシャーと一緒にいるのか理由がわからなくて、ずうっと悩んでいた」

「人聞きが悪いな」タロスの目がすうっと細くなった。

「向こうからジョウに惚《ほ》れて密航してきたんだ」

「ジョウに惚れて？　はん、そりゃいいや。たしかにそういう雰囲気がある」

「なんだ？　雰囲気って」

「ユリア姐《ねえ》さんだよ。あの子、そっくりじゃねえか」

「そっくり？」タロスは視線を天井に向け、少し考えこんだ。

「ふむ……言われてみれば」

「花のようにきれいなお人だったなあ」

「産後の肥立《ひだ》ちが悪くて、ジョウを産んで半年後に」

「聞いている。二十三だったたなんて、むごい話じゃねえか」

ふたりの間に、しんみりとした空気が流れた。

「むかしがなつかしいぜ」つぶやくように、バードは言った。酔いがまわりはじめている。

「俺が〈アトラス〉に乗り組んだのも、十七だった」

「そう。もう三十年も前のことだ」

「ダンがチームリーダー。タロスがパイロット。俺が機関士。そして航法士がガンビーノだ。──ガンビーノ！」バードの声がいきなり高くなった。

「そうだよ。ガンビーノだ。ガンビーノがいないぞ。引退したのか？」

「ガンビーノか」タロスはピム酒のグラスをまた一息にあおった。

「ガンビーノは死んだ」

「死んだ？」バードの表情が険しくなった。

「どういうことだ？」

「ピザンでやばい一仕事があった。そこで、あいつは兵士に撃たれた」

「射殺……」バードの頬がひくひくと震えた。

「仕事中にか」

「爺さん、本望だったと思うぜ」

「しょっちゅうどじを踏んでいた俺は、いつもガンビーノに殴られていた」バードが言った。少し鼻声になっている。

「知ってるだろ？　いつだったか、動力ジェネレータが過熱したことがあった」

「ああ、覚えている」タロスはあごを引いた。

「システムがワープ直後にいかれやがったんだ。もうだめだって、みんな観念した直後に、ガンビーノがみごとな手ぎわで修理した」

「あれ、故障じゃなかったんだ。俺の操作ミスでああなったんだ」

「なんだと？」タロスの腰が浮いた。

「ほんとかよ。初耳だぜ」

「ガンビーノだけが知っていたんだ。俺はさんざん殴られた。三年も船に乗っていて、まだこんな初歩的なミスをやるのかって言われてね。俺は船を降ろされると思った。ところが、どうだい。俺のミスだってことは、ガンビーノ以外には誰ひとり知らないんだ。それどころか、事故の原因がシステムの故障になっていた。俺は泣いたよ。泣いて、ガンビーノに礼を言った」

「そういやあ、それからだったな」タロスは遠い目をした。

「おまえが、ちっとばかしましな仕事をするようになったのは。意外だぜ。そんな裏があったんだ」

「〈アトラス〉はいい船だった」バードはピム酒を二杯、立てつづけに飲み干した。

「ロボットにまで人情があった」

「ドンゴなら、まだ〈ミネルバ〉で現役だ」

「嘘だろ！」

バードの小さな目が、丸くなった。

「嘘なもんか」タロスはピム酒のグラスを眼前に振りかざした。

「改良されてるから、ほんの少し外見が変わった。しかし、中身はむかしのままのドンゴだ。なんなら、会わせてやろうか？」

「会いたいな。どこの宇宙港だ？」

「ダザールだよ。近いぜ」

「うーん」バードはうなった。

「近くても、そいつは無理だ。俺の船がマナールにいる。今夜は荷積みで、外すことができねえ。船長の立ち合いがいるんだ」

「発つのはいつだ？」

「明日の昼。よかったら、遊びにきてくれ。四一八スポットにいる。〈ドラクーン〉って船だ」

「わかった。時間がとれたら顔をだす」

「ジョウも一緒だぞ」

「当然だ」

「今夜は飲もう！」

「飲むさ！」

ふたりはピム酒を何本もからにした。あいたボトルが、テーブルにごろごろと転がった。

「ところで」ふっとタロスの口調があらたまった。

「酔いにまぎれて、訊きたいことがある」

「…………」

バードの表情に変化が生じた。身が固くなった。明らかな拒否反応だ。バードはもう問いの意味を理解している。そして、それを歓迎していない。しらふのタロスなら、ここですべてを察し、話をやめる。話題をべつのものにする。だが、いまのタロスは、したたかに酔っていた。

「ケイは元気か？」

低い声で、タロスは言った。

「…………」

「どうしている？」

「…………」

「子供のひとりも、できたのか？」

「死んだよ」

バードはぼそりと言った。タロスの顔がこわばった。見る間に血の気が引いた。

「もう、十年になる」バードはつづけた。

「いて座宙域のニオーギで、たちの悪い風土病にかかったんだ」

「そうか」

タロスはピム酒のボトルを鷲掴《わしづか》みにした。グラスは使わず、そのままラッパ飲みをする。

「やっぱりあいつは、あんたと一緒になるべきだったんだ！」

バードは叫ぶように言った。

「…………」

「あの事故さえなかったら、あんたは改造手術をすることもなく、ケイと——」

「やめろ！　酒がまずくなる」タロスは鋭い声を発し、バードの言を消した。

「勝負は、おまえがケイのためにクラッシャーをやめると決めたとき、ついた。俺はケイよりも、クラッシャーであることを選んだ」

「しかし」

「よそう。こんな話題を切りだした俺が馬鹿だった」

「今夜は飲むぞ！」

「飲むさ」

ふたりは、さらに十本のピム酒を注文した。

2

足もとも覚つかないほど酔っぱらったタロスが、やはり泥酔して上体をふらふらと揺らしているバードと別れたのは、午前零時をとうに過ぎたころだった。いわゆる深夜である。しかし、パザムシティのにぎわいには、まだなんの変化もない。メインストリートは、あいかわらず人の波で埋めつくされている。

どうせいないだろうと思いながらも、タロスはホテルのティールームを覗いてみたが、予想どおり、誰の姿もなかった。ジョウもリッキーもアルフィンも、いない。通信機を機能停止させていることは、完全に失念していた。さしものベテランクラッシャーも、過度のアルコールに、少し判断力が鈍くなっている。

タロスは、ホテルをそそくさとでた。タクシーに乗った。

ダザール宇宙港に着いた。

豪華客船の客の中には、ホテル泊まりを嫌って、夜中になると船室に引き返してくる客が少なくない。パザムシティのように治安に難のある都市となるとなおさらそうだ。そのためか、宇宙港ビルの乗船カウンターは、深夜だというのにけっこう混雑していた。

タロスは長い列の最後尾に並んだ。

十二分ほど待って、タロスの番がめぐってきた。

「十七番スポット、〈ミネルバ〉だ」

カウンターのスロットにＩＤカードを挿しこみ、船名を申告した。眼前のスクリーンに、指示が浮かびあがった。

〃事情聴取ノ要アリ。Ｅ十四からんたーニ出頭サレタシ〃

「なんだと？」

こんな指示ははじめてである。これまで、どこの宇宙港に行っても、こんなふうに命じられたことはなかった。しかし、コンピュータ相手にいぶかしんでいたり、憮然《ぶぜん》としていたりしても、話は先に進まない。タロスはきびすを返し、Ｅ十四カウンターを探した。

Ｅ十四カウンターは空港ビルの奥にあった。通路の突きあたりだ。カウンターの前に立ったが、付近には誰もいない。タロスはデスクの上にある呼びだしボタンを押した。すぐにアンドロイドが一体、やってきた。

「オ名前ハ？」

アンドロイドが問う。

「〈ミネルバ〉のタロスだ」

「コチラヘドウゾ」

　ＩＤカードで身許を確認し、アンドロイドはタロスを通路の反対側へと案内した。しばし進み、ひとつのドアの前で停まった。

「ココデオ待チクダサイ」

　アンドロイドがそう言うと、ドアが音もなく横にスライドした。タロスは小さく肩をすくめ、ドアをくぐった。四メートル四方ほどの狭い部屋に入った。部屋には二脚の椅子とテーブルが置かれている。手前の椅子に先客が腰をおろしていた。先客はタロスの気配に気がつき、背後を振り返った。

「タロス」

　先客が半泣きの声を大きくあげた。

　顔を見ると、なんとリッキーである。

「！」

　タロスの頰がひきつった。目が丸くなる。いやな予感が全身を包む。

「おまえ、何をやらかした？」

　タロスは訊いた。

「〈ミネルバ〉が！」

　と、リッキーは叫んだ。しかし、そのあとの言葉がでてこない。涙が両の目から滂沱《ぼうだ》とあふれている。

「落ち着け」タロスは歩み寄り、リッキーの肩に手を置いた。

「〈ミネルバ〉がどうした？」

「いないんだよ！」

泣きじゃくりながら、リッキーは言った。

「いない？」

「いきなり発進したと宇宙港の人が言うんだ」

「いつ？」

「四時間くらい前。アルフィンがあの少女と一緒に乗船したら、その直後に管制塔への連絡なしで飛んでっちゃったって」

「スクランブルはかかったのか？」

タロスが問いを重ねる。何がなんだか、まったく理解できない。

「宇宙港警察があとを追おうとした。でも、〈ミネルバ〉の加速がすごくって、まるで追いつけなかったんだ」

とつぜんの離陸。

すさまじい加速。

同じだ。

タロスは愕然《がくぜん》となった。その脳裏に、ある光景が閃く。〈スピカ〉失踪事件の状況だ。

〈ミネルバ〉の不可解な発進は、それと酷似している。いや、完全に同じと言っていい。

話を少し前に戻そう。

リッキーとアルフィンが、パザムシティ西端にある湖に着いた時点だ。湖の名は、メーラル湖。その周囲に〝フェアリー・ワールド〟と呼ばれる巨大なテーマパークがあった。

テラにある古い建築物の城門を模したメインゲートをくぐると、そこはリッキーとアルフィンにとって、まさに理想の街となっていた。

CGやレーザービームによる立体映像はもちろん、無数に設置された発光パネルの光で園内は昼間のように明るい。違うのは、天空が夜の闇で覆われていることだけだ。テーマパークに隣接している巨大なショッピングモールは何万平方メートルという広さで、食料品から日用品、電化製品、ブランド衣料、グッズ、エアカーに至るまで、ありとあらゆる商品に満ち満ちている。いや、ショッピングモールだけではない。バードが言ったように、ホテル、クラブ、ディスコ、レストラン、映画館、アスレチッククラブにゲームセンターなど、この中には、賭博場と酒場以外のものは、なんでも存在していた。

当然、メーラル湖を利用したアトラクション施設も、うんざりするほどある。

「どうして、ここだけ、こんなふうにつくってあるの？」

ワインの余韻《よいん》の残るアルフィンは、誰にでも、あれこれと質問を放つ。さっそくアウトレットショップの店員がひとり、彼女に捕まった。リッキーはもう諦めているので、口もはさまないし、止めることもない。横で、知らぬ顔を決めこんでいる。

「ここだけの話ですが」人のよさそうな店員は、アルフィンの問いかけに真面目に答えた。

「お客さまをパザムシティの外にださないためです」

人間の店員は、売り子をつとめているアンドロイドの保守要員の仕事しかないので、けっこう閑《ひま》らしい。

「外にださないため？」

小首をかしげて、アルフィンが言った。巧みな技である。リッキーは感心した。アルフィンのような美少女に、こんなしぐさを見せられたら、男の店員は邪険《じゃけん》なあしらいなど絶対にできない。

「いいですか。もしもパザムシティが賭博と酒場だけの都市だったとしたら、博奕《ばくち》にも酒を飲むのにも飽きたお客さまや家族連れのお客さまはどうすると思います？」

店員は言う。

「べつの遊びを求めて、どっかほかの街か大陸に行っちゃう」

少し考えてから、アルフィンは答えた。

「そうでしょ。そんなことになったら、せっかくパザムシティにきてくださったお客さまのお金がよそに流れてしまいます。それは阻止しなくてはなりません」

「そっかあ。つまり、パザムシティの客の金は、すべてパザムシティに落ちなくちゃいけないのね」

「あからさまに言ってしまえば、そういうことです」店員はうなずいた。

「ここでは、シクルナで買えるものはすべて買えます。シクルナでできる遊びはすべてできます。ないのは、カジノと酒場だけ。わざわざよそへ行く必要はどこにもありません。そのように設計されています。ツキを失ったギャンブラーがここで鋭気を養い、またパザムシティのカジノに戻って、大勝負に自分の運を賭けるということも珍しくはありません」

「うーん。すっごくよくわかっちゃった」アルフィンはきゃっきゃっと笑った。

「おにいさん、ありがとう」

丁寧《ていねい》な説明に納得したアルフィンは、投げキッスのお礼を贈った。店員は頰を赤らめ、一礼した。

「じゃあ、さっそく探険開始」

アルフィンが、リッキーに向き直った。リッキーの腕を把《と》り、歩きはじめた。リッキーはうんざりしている。このあとどうなるかが、見えているからだ。おそらくアルフィンはリッキーをお供として引き連れ、このテーマパークを隅々まで歩きまわる。それを考えただけで、疲労困憊《こんぱい》してしまう状況だ。

「アルフィン」おそるおそるリッキーは口をひらいた。

「きょうは時間もあまりないことだし、テーマパークめぐりはまた今度の機会にしないか？　ほら、ジョウも一緒のほうがいいだろ」

「それ、とてもいい考えね。リッキー」アルフィンは、こぼれるような笑みを満面に浮かべた。

「でも、今度があるかどうかはわからない。だから、きょうは楽しみましょ」

「苦しみましょの間違いでは？」

「なんですって？」

アルフィンの目が、ななめ四十五度に吊りあがった。リッキーはあわてておし黙った。

恐怖で、全身の毛が逆立つ。

そのとき。

「いやあ。助けて！」

甲高い声が鋭く響いた。悲鳴だ。

「え？」

とつぜんの出来事に、リッキーがうろたえた。

「あっち！」

アルフィンが右手を横に向かって突きだした。

リッキーが、その先を見る。道路の真ん中だ。そこに、泣き叫びながら逃げまわる七、八歳の女の子と、それを追う四人の男の姿がある。男たちは、四人ともモスグリーンのスペースジャケットを着ている。

「あいつら！」リッキーの顔色が変わった。

「バードを襲ったやつらの仲間だ」

「あんな小さな子を！」アルフィンが叫んだ。

「ひどすぎる」

叫ぶのと同時に、アルフィンが動いていた。女の子に向かい、ダッシュした。リッキーが止める間もない。四人の男が寄ってたかって幼い少女を追いかけまわしている。事情など関係なく、そのさまを見ただけで、アルフィンは逆上してしまった。

「待てよ。おい！」

あわてて、リッキーがそのあとを追う。

男たちが大声で怒鳴った。

「泥棒だ！」

「捕まえてくれ！」

「そいつはスリだ！」

声がアルフィンの耳に届いた。

嘘ばっかり。

アルフィンは、そう思った。女の子はどうやっても、泥棒やスリのたぐいには見えない。反対に、男たちのほうが、いかにもならず者といった風体《ふうてい》をしている。

アルフィンが、女の子の前にきた。勢いよく、その眼前に飛びだした。

女の子がはっとして息を呑む。髪が栗色で、目がくりっと大きい。人形のように愛らしい少女だ。オーバーオールの黄色いパンタロンジャケットを着ている。

とつぜんあらわれたアルフィンを見て女の子は驚き、身を固くした。が、すぐには止まれない。そのまま、まっすぐにアルフィンの胸の中へと飛びこんだ。それをアルフィンが両の腕でふわりと抱きとめた。女の子はひどく怯《おび》えていた。激しくもがこうとする。

「おねえさんは味方よ！」

アルフィンが少女の耳もとで囁《ささや》いた。囁いてから、女の子を抱きあげた。四人の男たちが、すぐそこに迫ってきている。男たちはかれらの呼びかけに応えてアルフィンが少女を捕まえたのだと思い、足どりをわずかにゆるめた。

アルフィンが体をめぐらす。女の子を抱いたまま、全速力で逆方向に走りだす。

男たちは呆気にとられた。捕まえてくれたと思ったら、そうではなかった。少女を連れて逃げだした。目を丸くし、四人はあわててアルフィンを追おうとした。

そこへ。

リッキーが突っこんだ。四人の足もとを狙い、スライディングで滑りこんだ。

足をすくわれ、男たちがひっくり返る。重なり合って宙を舞い、路面に背中から落下した。鈍い音が響いた。

「ざまあみろ」

リッキーは立ちあがり、アルフィンの逃げた方角に向かって振り返った。

視界がない。行手が黒く闇に覆われている。

え？

あわてて目をこすった。その目に、モスグリーンのスペースジャケットを着た男が映った。

まずい。ほかにもいた。

と思ったときは、もう遅かった。

リッキーの頭部に、男の手刀が振りおろされた。容赦《ようしゃ》のない一撃だった。

リッキーは昏倒《こんとう》した。

気を失い、路上に崩れた。

3

息が苦しくなるほど走ったのに、まだアウトレットショップの連なりが終わらない。女の子は、本当にアルフィンが自分の味方だとわかったのだろう、いまはもがくのをやめている。

アルフィンは足を止めた。そっと女の子を下に降ろし、背後に目をやった。追ってくる者は、とりあえずいない。

リッキーがうまくやってくれたのね。

ホッとして、アルフィンは女の子に向き直った。

「あたしはアルフィン。あなたは？」

名前を問う。

「ソニア」

女の子ははにかむように小さく答えた。

「ソニアはどうして追われていたの？」

「わかんない」ソニアはかぶりを振った。

「ここの中をひとりで歩いていたら、いきなり追っかけられた」

「最低」アルフィンは唇をとがらせて、憤慨《ふんがい》した。

「でも、もうおねえさんが守ってあげるから大丈夫よ。ソニアはどこへ行こうとしていたの？　あたしが送っていってあげる」

「わかんない」

ソニアは、また大きくかぶりを振った。そのたびに胸につけているバッジが、ちゃらちゃらと金属音を響かせる。もしも、その場にジョウがいたら、かれにはソニアがどこに行こうとしていたか、わかったはずだ。ソニアがつけているのは、暗黒邪神教のバッジである。

「いたぞ！」

とつぜん叫び声があがった。

ソニアに合わせて膝を折り、路上にしゃがみこんでいたアルフィンは、弾かれるように勢いよく立ちあがった。

右手を見ると、そこに大柄な男の影がある。

「こっちへ！」

アルフィンはソニアの手を把り、走りだした。

走りながら、四方をうかがう。人の気配が強い。どうやら、すっかり囲まれてしまったらしい。あちこちから呼び合う声が聞こえてくる。アルフィンは右に左に街路を適当に駆けめぐった。

　ふいに、広場のような場所にでた。正面に大きなショールームがある。飾られているのは、新型のエアカーだ。それもスポーツタイプのものが、何台もある。どうやら、ここはエアカーのディーラーらしい。アルフィンは閃いた。さっそく販売員を探した。

　アンドロイドがいた。女性型で、濃紺の制服を身につけている。アルフィンは、素早くその前に駆け寄った。

「ちょっと、お願い」

　声をかける。

「ナンデゴザイマショウ？」

　アンドロイドが首をめぐらした。

「このエアカー、いくら？」

　アルフィンは、手近の一台を指差した。赤いオープンタイプの最新型である。

「五百万くれじっとデゴザイマス」

　アンドロイドは言った。

「買うわ。キーちょーだい！」

　アルフィンはポケットから札束を取りだした。自分でこっそりと持ってきたぶんと、タロスから預かったぶんの現金である。お姫さま育ちだが、こういうところは抜け目がない。

アルフィンは、札束をむりやりアンドロイドに押しつけた。

「手続キヲ」

アンドロイドはアルフィンをショールームの奥へ案内しようとした。

「そんなヒマないわ！」

アルフィンが叫ぶ。

「申シ訳アリマセン。手続キナシデハ、オ売リデキナイコトニナッテオリマス」

「お金は払ったでしょ！　さっさとキーをおだし！」

アルフィンは額に青筋を浮かべて、怒鳴った。ぐずぐずしていたら、生命もあぶない。

こうなったら、必死である。

アルフィンの尋常《じんじょう》でない勢いに、アンドロイドも恐れをなした。

「きーハ、車内ニアリマス」

エアカーを指し示した。

「そんならそうと、早く言って！」

アルフィンはエアカーの助手席にソニアを乗せ、自分は操縦席にひらりと飛びこんだ。

シートに着くと、自動的にセイフティガードが上体を固定する。

「ソニア。目をつぶり、歯を食いしばるのよ」アルフィンは言った。

「ちょっとばかり、派手にやるから」

エンジンを始動させた。車体が静かに浮かびあがった。ロードクリアランスは十五センチ。これは規定どおりの高度だ。

「オ客サマ、ココカラ発進ナサルノハオヤメクダサイ」

アルフィンが何をしようとしているのかに気がつき、あわててアンドロイドがエアカーの正面に立った。

「邪魔。どいて！」

アルフィンはためらわなかった。エアカーが、いきなり最大加速で発進した。アンドロイドはあやういところで、跳ね飛ばされるのを免れた。しかし、バランスが崩れ、床にがちゃがちゃとひっくり返った。

エアカーが突っ走る。とんでもない速度だ。この狭いショッピングモールの中で、百キロを優に超えている。通りすがりの客が仰天し、悲鳴をあげて逃げた。それにいさいかまわず、クラクションをがんがん鳴らして、アルフィンはモールの外へとエアカーを疾駆《しっく》させる。

モスグリーンの男たちが、異変を知った。

暴走エアカーがいる。オープンタイプなので、誰が乗っているのかがすぐにわかる。

助手席に少女の姿を認めた。

男たちは、レイガンを抜いた。腰のバッグに隠し持っていた。エアカーを狙い、乱射した。

火花が散る。光条がエアカーの周囲を激しく灼《や》く。

「何がスリ、泥棒よ。人殺し！」

アルフィンが罵った。エアカーがショッピングモールを脱した。道路の幅が広くなる。ハイウェイにつづくバイパスだ。

けたたましいクラクションが、甲高く響いた。アルフィンが鳴らしているそれではない。

大型エアカーだ。アルフィンの真正面にいる。どうやら、アルフィンのエアカーはバイパスを逆走しているらしい。

「ちいっ！」

アルフィンの手が、目にも止まらぬ速さでレバーを操った。ボディ左側面の姿勢制御ノズルが一斉噴射する。エアカーは軽くスピンし、ドリフト状態に陥った。大型エアカーが迫る。その横に隙間がある。その中へアルフィンのエアカーが滑りこんでいく。

ぎりぎりだった。紙一重とは、まさにこのことである。一瞬の出来事。大型エアカーのノーズがアルフィンのエアカーをかすめ、視野から消え去った。ジョウ仕込みの無謀運転だ。はるか後方で、大型エアカーが体勢を立て直しそこない、ガードレールに突っこんだが、アルフィンがそれを知ることはない。

ハイウェイにでた。

エアカーの流れはスムーズだった。後方視界スクリーンを注視しているが、追ってくるエアカーはいない。強引な操縦が効を奏し、うまくモスグリーンの一団を振りきったようである。

「どこへ行くの？ アルフィン」

ソニアが訊いた。少し舌足らずな、愛らしい声だ。

「ダザール宇宙港よ」アルフィンは言った。

「そこにおねえさんのお船があるの。そのお船に乗るわ。そうすれば、悪いおじさんたちはもう入ってこれない。だから、絶対に安全よ」

「ふうん」ソニアはうなずぎ、言った。

「アルフィン。このエアカー、誰かに見つめられている」

「えっ？」

アルフィンは驚き、急いですべての視界スクリーンに視線を移した。それぞれの画面を素早く確認する。しかし、怪しげなものは、どのスクリーンにも映っていない。

「大丈夫よ、ソニア」アルフィンは少女を見た。

「この車のまわりには、誰もいないわ」

「あたしにはわかるの」ソニアの表情が硬い。「誰かがじいっとあたしたちを見つめている」

おとなびた口調だった。

へんな子。

アルフィンは小首をかしげた。本当に愛らしい少女だが、ちょっと薄気味の悪いところがある。

「平気平気」アルフィンはわざと声を高くし、明るく言った。「〈ミネルバ〉に入れば、誰も手がだせない。これ、絶対よ」

「………」

ソニアは答えなかった。

一時間ほどで、エアカーはダザール宇宙港に着いた。トラブルは皆無だった。が、宇宙港に至って、アルフィンはソニアが重大な問題をかかえていることに気がついた。たとえ一時乗船にしろ、船に戻る場合は、乗船カウンターでパスポートを見せなくてはならない。もちろんアルフィンは、それを持っている。しかし、この少女は——。

「ひょっとして、パスポートなんて持ってないわよね？」

だめで、もともとである。アルフィンはソニアに訊いてみた。

「持ってるわ」

ソニアは、こともなげに言った。

「どうして？」

アルフィンは驚愕《きょうがく》し、ソニアに理由を尋ねた。ソニアは首を横に振り、「なぜか、持ってるの」とつぶやいた。それだけ言って、口を閉ざす。

ふたりは〈ミネルバ〉に乗船した。

ドンゴがふたりを出迎えた。エアロックの扉前で待っていた。

「キャハ、オ帰ンナサイ。キャハハ」

ドンゴは身長一メートルほどのロボットだ。細長い円筒形をしたボディに、卵を横倒しにしたような形状の頭部がのっている。頭部には、レンズ、端子、LEDが顔の造作を模した配列でごちゃごちゃと並ぶ。ボディは首にあたるあたりで段になっており、そこがスライドすると、身長は二メートルにまで伸びる。腕はボディに比して、細く長い。指は三本。脚はない。かわりに車輪とキャタピラが装着されていて、必ずそのどちらかが接地している。車輪は平地用で、走行時の最高時速は百キロ。キャタピラは不整地用で、最高時速は三十キロ。見た目よりも、敏捷《びんしょう》に動く。

「キャハ、じょうタチハ？」

車輪駆動で、ドンゴはアルフィンに近づいた。

「まだ帰らないわ。みんな、遅くなると思う。あたしだけ、この子のことがあって先に帰ってきたの」

　アルフィンはソニアを示した。

「デシタラ、りびんぐるーむデオ茶デモ用意シマショウカ？　キャハハ」

「そうしてちょうだい」

　アルフィンはうなずいた。そのときだった。

「誰かくる！」

　ふいに、ソニアが叫んだ。

「なんですって？」

　アルフィンはソニアを見た。

「誰かがここにくるの。ひとりじゃない。何人も何人も。この船を囲むようにしてやってくる」

　ソニアは両手で耳をふさぎ、目を閉じて、その場にうずくまった。

「ここは宇宙港よ。怪しい人間なんて、誰も入りこめない」アルフィンはなだめるように言った。

「そんなこと、ありえないわ」

「あたしにはわかる！」ソニアは必死の声を発した。

「すぐそこまできている」

「調ベテミマショウカ? キャハハ」

ドンゴが訊いた。

「無駄だと思うけど、いいわ。調べてみて。それで気がすむのなら、役に立つ」

「了解」

ドンゴはくるりとボディをまわし、操縦室へと向かった。

一分と経たずに戻ってきた。

「キャハハ、判明シマシタ」

アルフィンに声をかけた。

「何もなかったでしょ?」

「イエ、〈みねるば〉ハ謎ノ集団ニヨリ、完全ニ囲マレテイマス」

ドンゴは淡々と答えた。

4

「嘘でしょ!」

アルフィンは目を剝いた。そんな状況、とても信じられない。

「囲ンデイルノハ、もすぐりーんノすぺーすじゃけっとヲ着タ男タチデス。十八人マデ確認シマシタ。キャハハ」

　ドンゴは報告をつづけた。それを聞いて、アルフィンの表情が凍った。膝が震えだした。名状しがたい恐怖が全身をつらぬいた。

　侵入できるはずのない宇宙港の駐機スポットに侵入してきた謎の一群。そして、見もせずにその存在を察知した少女。いずれもがただひたすらに恐ろしい。

「いや。捕まるのはいや！」とつぜんソニアが叫んだ。両の目から、涙を散らしている。

「お願い。そんなことしないで。いや！　だめ！　あたしをほっといて！」

「ソニア、どうしたの？　ソニア！」

　様子が尋常ではない。アルフィンはソニアの前に身を移した。

「アルフィン、怖い。あたし、あの人たちが怖い！」

　ソニアはアルフィンにしがみついた。

　怖くなんかないわ。〈ミネルバ〉の中にいれば、なんともない。

　アルフィンはそう言ってやりたかった。しかし、もうそんなことを言える自信は、アルフィンのどこにもない。

「いやっ。あたし逃げる！」

　ソニアの声が高くなった。アルフィンから離れ、絶叫した。

　つぎの瞬間。すさまじい轟音《ごうおん》と振動が、〈ミネルバ〉を襲った。

「！」

アルフィンはバランスを失い、床に倒れた。轟音、振動はさらに激しい。突きあげるように鳴動する。その猛烈な揺れに、予期せぬ加速度が加わった。全身にGがのしかかってくる。これはいったい？

「何があったの？」

アルフィンはあえぎながら、声を振り絞った。どこからか、ドンゴの声が響いた。アルフィンの問いに答えようとしている。

「キャハハ、〈みねるば〉ハ駐機すぽっとカラ離レ、ばいぱすヲ抜ケテ滑走路ニデマシタ。イマハ離陸シ、しくるなノ衛星軌道ニ向カッテイマス。加速ハ二四〇ぱーせんと。マモナク軌道ヲ離脱、星域外ヲメザス模様。キャハハ。原因ソノ他ハイッサイ不明。キャハハ」

慣性中和機構を超えたGの重圧が、アルフィンを四方から強く圧《あっ》した。アルフィンの意識がゆっくりと闇の底へと呑《の》まれていった。

ドンゴの声がけたたましく反響する。まるで破《わ》れ鐘《がね》のようだ。何か怒鳴っているらしい。しかし、何を言っているのかは理解できない。お願い、ドンゴ。アルフィンは祈るように願った。あたしの耳もとで、そんなに騒がないで。

〝危険！　危険！　宇宙船多数、編隊ヲ組ンデ、急速ニ接近中！　形状カラ判断シテ、戦闘能力ヲ有スルコトハ確実。退避行動ノ要アリ。キャハハ〟

はっとなった。いきなり目が覚めた。まぶたをひらくと、もう、視界のすべてが鮮明になっている。まるで魔法をかけられたかのように、はっきりとした。誰かに脳細胞をむりやり覚醒させられた。そんな感じだった。

甲高い笑い声が聞こえた。けらけらと響いた。

アルフィンは首をめぐらした。そのとたん、背すじが冷えた。肌がざわつく。目を疑う光景が、そこに存在していた。

ソニアだ。

宙に浮いている。足もとと床の間に、およそ五十センチの空間がある。そこには何もない。間違いなく浮遊状態だ。〈ミネルバ〉が慣性航行状態にあり、床面に働く〇・二Gの人工重力が切られているのなら、これも不思議な現象ではない。しかし、いまは違う。アルフィンは、複雑に変化する加速Gと床面への人工重力を確実に認識している。物理的に、ソニアが宙に浮く環境になっていない。なんらかの力が、ソニアを宙空に浮かせている。

「うふふ、アルフィン。やっと意識を戻したのね」

ソニアがにこやかに笑い、言った。両眼が金色の輝きを帯びている。きらきらと炯《ひか》る。

「何があったの？〈ミネルバ〉に何をしたの？」

アルフィンが訊いた。からだを起こそうとする。からだが鉛のように重い。そこで、はじめて気がついた。アルフィンは、〈ミネルバ〉の操縦室にいる。そして、副操縦席に腰を置いている。

「待って、アルフィン」ソニアが言った。

「いまシールドしてあげる」

「え？」

問い返す間もなかった。ふっとアルフィンのからだが軽くなった。あわてて下を見ると、数センチだが、腰がシートから浮いている。

「ソニア、あなた」

「うふふふ」

ソニアは、またひとしきり笑った。

「緊急！　緊急！　宇宙船編隊、射程内ニ突入。攻撃ニ入ル可能性大。キャハハ」

先ほどアルフィンが夢うつつに聞いたドンゴの警告が、再びはじまった。正体は不明だが、その宇宙船編隊には敵意があるらしい。しかも、事態は一層、深刻なものとなっている。アルフィンはシートにすわりなおそうとした。が、降りることができない。

「あん！」

上体がぐらりと傾いた。そのまま勢いよく、ひっくり返った。頭が床すれすれの位置にくる。長い金髪が、周囲に広がる。ソニアの言う〝シールド〟とかで、肉体の自由が利かなくなっている。

「だめねえ」

ソニアが片手を前に突きだした。アルフィンのからだが、またくるりと回転した。

「シートに戻る？」

ソニアが訊いた。

「ええ」

アルフィンはぶすっとして、うなずいた。

ソニアの手が動いた。アルフィンはふわりと上昇した。

「どのシートがいいかしら」

「主操縦席」

アルフィンはシートを指差した。不可視の力がアルフィンを主操縦席まで運んだ。座面の上にきたところで、からだがすとんと落ちた。

「到着」

ソニアが言った。いつの間にか、彼女も左横の副操縦席に腰かけている。

「くるわ！」

ソニアが正面に向き直った。と同時だった。〈ミネルバ〉に激しい衝撃がきた。フロントウィンドウが明るく光る。アルフィンはメインスクリーンに映像を入れた。

戦闘宇宙艇が数機、画面の中央を横切った。八十メートル級の機体だ。強い衝撃を受け、再び〈ミネルバ〉が大きく揺れた。

「大丈夫よ。敵の攻撃は、すぐに終わる」

ソニアは平然としていた。宇宙港で包囲されたとき、大声で泣き叫んでいた子とはとても思えない。何かが彼女を変えた。しかし、何が彼女を変えてしまったのだろう。アルフィンは茫然として、ソニアを見つめた。

「キャハハ、左尾翼破損。迎撃ヲ進言シマス。キャハハ」

ドンゴがコンソールの脇にあたふたとやってきた。強力なパワーで動きまわるドンゴは、Gの変動の影響を免れている。

「ビーム砲を使うわ」

アルフィンは言った。言ってからソニアに視線を向けた。うかがいを立てる。しゃくな話だが、シールドされているということで、勝手に何かするというのがむずかしくなっている。

「どうぞ」

ソニアはあっさりうなずいた。からかっているような表情だ。楽しんでいるのかもしれない。

アルフィンはコンソールに手を伸ばした。おそるおそるそおっと突きだし、ボタンに触れた。トリガーレバーが勢いよく立ちあがった。グリップを握る。アルフィンの動作に制限はない。

アルフィンはトリガーレバーを操作し、照準をセットした。宇宙艇が一機、正面からまっすぐに迫ってきた。撃ってくる。白い光条が幾筋も走った。ビームが〈ミネルバ〉を擦過《さつか》する。

「うるさい！」

アルフィンは叫び、トリガーボタンを押した。ぎりぎりまで宇宙艇を引きつけ、ビーム砲を発射する。光線が戦闘宇宙艇を切り裂いた。まばゆい火球が、宇宙空間に丸く広がった。

「つぎっ！」

照準を再セットした。もう一機、接近してくる。捕捉した。撃つ。

「ゲエエエットォォォ！」

これもみごとに屠《ほふ》った。

さらにつぎの獲物を探す。が。

一機もいない。

「え？」

アルフィンは、きょとんとなった。少しあせる。画像を切り換えた。左舷、右舷、船尾方向をチェックする。映るのは漆黒の宇宙空間ばかりだ。戦闘宇宙艇の姿は、どこにもない。ついいましがたまでレーダースクリーンを埋めつくしていた十数機の機影が、完全に失せた。

「四十六秒マエニ、敵宇宙船ハ、スベテ離脱シマシタ。キャハハ」

ドンゴが言った。

「あたしの腕に恐れをなしたのね」

アルフィンはガッツポーズをつくった。

「違うわ、アルフィン」

無情にもソニアが否定する。

「どうして？」アルフィンは抗議した。

「みんな逃げちゃったじゃない」

「気がつかなかったの？　あれは全部、無人機よ」

「無人機？」

「でなければ、いまの〈ミネルバ〉の加速には追いつけない。乗員がもたないから」

「でも、逃げてったわ」

「あの宇宙艇は、誘導範囲外にでたから自動操縦で帰投しただけ。べつにアルフィンの腕を恐れたわけじゃない。撃墜に怯える無人機なんて、どこにもいない」

「はいはい。よくわかりました」アルフィンはむくれた。

「どうせあたしの攻撃じゃ、誰も怖がりません」

「怒ったの？　アルフィン」ソニアの表情が曇った。心配そうにアルフィンの顔を覗きこんだ。

「あたし、悪気があって言ったんじゃない。敵の攻撃は、すぐに終わるって言ったのに、ビーム砲を――」

ソニアは涙声になり、語尾が途切れた。唇を噛み、うつむく。どうやら、ソニアはまた先ほどまでの気弱な少女に戻ったらしい。アルフィンは両手を横に広げ、肩を軽くすくめた。

「もういいわ。ソニア」アルフィンは降参した。

「怒らないから、あたしの質問に答えてくれる？」

「うん」

ソニアは小さくうなずいた。

「〈ミネルバ〉は、あなたが飛ばしているの？」

「ううん、違うわ」

「じゃ、誰が?」

「わかんないって?」

アルフィンは首を傾けた。

「大きな力だったわ」ソニアは、ぽつりと言った。

「大きな力?」

「宇宙港で泣いていたとき、あたしの中に大きな力が……」ソニアはじれったそうに身を震わせた。

「うまく言えない!」

「〝大きな力〟というのが、ソニアのところにやってきたのね?」

「そう。それであたしと一緒になったの」

どういう意味かしら。

アルフィンには話の意味がわからない。しかし、とにかく性格が一変した理由は、そこにあるようだ。シールドを張ったり、接近する宇宙艇を察知する能力が発現した原因も。

「大きな力の正体とか、それがどこからきたのかは、わからないのね?」

「うん」

「そうかあ」アルフィンはため息をついた。

「それじゃ、ソニアには〈ミネルバ〉がどこへ向かってるのかもわからないわね」

「ううん。それはわかるわ」

「えっ？」

「大きな力が囁いている。この船は、もうすぐワープするって」

「キャハハ、〈みねるば〉、がるしあど星域ヲ離脱」

ドンゴが報告した。

「どこへ行くの？　あたしたち」

アルフィンは身を乗りだして、ソニアに訊いた。

少女は遠い目をして、答えた。

「惑星カイン」

5

「俺らが気がついたときには、もう誰もいなかった」

リッキーが低い声で言った。まだ殴られたところが痛むのだろう。頭に手をあてている。

「それで、ホテルのティールームに戻ったのか？」

タロスが訊いた。

「いや」リッキーは首を横に振った。

「見ていた人が、教えてくれたんだ。アルフィンと女の子がエアカーに乗り、ダザール宇宙港に向かうハイウェイに入ったってことを」

「〈ミネルバ〉に逃げこもうと考えたんだな」

タロスはあごを二、三度、小刻みに引いた。

「俺らもそう思った。だから、ホテルへ寄らずに、タクシーを拾ってまっすぐここへ帰ってきた。そうしたら……」

「〈ミネルバ〉がなかった」

「がっくりだよ」

リッキーは深くこうべを垂れた。

「どうも、そのモスグリーンの一団が気になるな」

「追われていた少女のほうもね」

「ああ」

「バードはモスグリーンのジャケットと喧嘩していた。何か関係あるんじゃないの？」

「そいつは、なんとも言えない」タロスは眉根に縦じわを寄せた。

「それより、リッキー。もっと細かい手懸りはないか？　やつらの持ち物とか、会話とか、そういうやつだ」

「手懸りねえ」リッキーはしばし瞑目《めいもく》した。そして、はっとしたように目を丸く見ひらいた。

「あるぜ」

「なんだ？」

タロスは身を乗りだした。

「気を失う瞬間に聞いたこと。いま、思いだした。連中はこう言った」リッキーは唇をなめた。

「やつらはカインに向かう気だ」

「カイン！」

タロスの目がすうっと細くなった。

「知ってるかい？」

「もちろんだ」タロスはつぶやくように言った。

「そこは地獄。悪魔に魅入られた星だ」

ドアが横にスライドし、一体のアンドロイドが部屋の中へと入ってきた。十分ほど前、タロスをここに案内してきた人間型のロボットである。

「オ待タセシマシタ」アンドロイドは言った。

「調査完了デス。コチラニオイデクダサイ」

「…………」

アンドロイドが向きを変えた。タロスとリッキーは、そのうしろにつき、部屋をでた。ふたりがつぎに連れていかれたのは、宇宙港保安隊の取調室だった。中に進むと、いかめしい顔つきをした初老の男がタロスとリッキーを待っていた。

「かけてください」

男はふたりにソファを勧《すす》めた。顔に似合わず、丁重な物腰だ。しかし、目つきは異様に鋭い。

「わたしは、保安隊長のパシャム・アリです」

「俺は、クラッシャータロスだ」

「同じくリッキー」

デスク越しに握手を交わし、パシャム・アリは椅子に腰を置いた。タロスとリッキーもソファにすわった。パシャム・アリはデスクの上のキーを指先でぽつぽつと叩いた。スクリーンに目をやり、そこに映しだされる文字を読んでいる。床と一体になったコンソール付きのデスクとソファ、それに古めかしいロッカーだけの小さな部屋だった。

言った。

「〈ミネルバ〉発進前後の状況を調査しました」パシャム・アリはふたりに視線を戻し、

「あなたがたをあの部屋に留めたのは、その調査がすんでいなかったからです」

「調査して、何かわかったか？」

タロスが訊いた。

「二か月前に起きた〈スピカ〉事件と状況が酷似しています」パシャム・アリは答えた。

「宇宙船がなんの前触れもなく飛び去ったことも。その後の想像を絶する猛加速も」そ
こでパシャム・アリは、タロスを睨むように一瞥《いちべつ》した。

「あなたがたは、〈スピカ〉事件のことで、パザムシティにこられたのですか？」

低い声で尋ねた。

「〈スピカ〉事件の話は耳にしている。ガキがひとり誘拐されたってことも聞いた。だ
が、それは俺たちにはなんの関係もない」タロスはとぼけた。

「俺たちは休暇を楽しく過ごすために、この胸クソの悪い星へとやってきた。来訪目的
は、それだけだ」

「そんなに印象の悪い星ですか？　ここは」

「ああ」タロスは歯を剝きだし、うなずいた。

「ピム酒の酔いが、一時間ともたねえ」

事情聴取は、三十分ほどつづいた。

パシャム・アリは必要な情報を何ひとつとして得られなかった。タロスがあくまでも白《しら》を切りとおしたからだ。事件の核心について、本当に何も知らなかったことも幸いした。

釈放され、タロスとリッキーは宇宙港の外にでた。

「兄貴、とうとうこなかったね」リッキーがぽつりと言った。

「ホテルにも戻らなかったし、連絡もとれない」

振り仰ぎ、リッキーはタロスを見た。その表情に、珍しく不安の色が浮かんでいる。

「〈ミネルバ〉は、アルフィンを乗っけたまま消えた。兄貴は行方不明。俺らたち、これから何をどうしたらいいんだい？」

「そうだな」タロスは言った。

「カインにでも行ってみるか」

「カイン？」タロスの言葉に驚き、リッキーは頬をひきつらせた。

「どうやって行くんだよ。住民が死に絶えて、見捨てられた星なんだろ。船がなきゃ、手も足もでない。それに、ここから離れるってのは、兄貴をほっぽってくってことになる。そんなの、やだ」

「船のあてはある。ジョウの行方も探す」タロスはきっぱりと言った。

「まず、情報屋から話を聞こう。ジャックポット・レイスのところだ。そこでネタを手に入れる」

ふたりはタクシーに乗った。また、パザムシティへと引き返した。

ハイウェイからメインストリートに入り、ベルストリートで左折した。が、エアカーはそこで停まった。立ち往生である。道路がひどく混んでいて、そこから先は一センチたりとも動けない。

「なんだ。この渋滞は」いらついて、タロスが怒鳴った。

「メインストリートよりひでえぞ」

「お客さん、あれが聞こえないんですか？」

運転手がのんびりとした声で訊いた。かれはもう諦めの境地にいるらしい。タロスとリッキーは耳をすませた。ざわめく波の音のような人声や、けたたましいエアカーのクラクションに混じって、かすかに甲高い電子音が響いてくる。

「火事ですよ」

運転手はあごをしゃくった。

「火事？」リッキーが頓狂な声をあげた。

「ここの建物は燃えるのかい？」

「表面の改築だけはしてますけどね」運転手はにやりと笑った。

「中身は何もさわっていない。どれも築後三十年の老兵ばかりです」

「むちゃだよ。それ」

「燃えているのは、どのあたりだ？」

タロスが訊いた。

「そうですねえ」運転手は肩をすくめ、ダッシュボードのスクリーンに目をやった。

「ここだな」

スクリーンの隅を指差した。それから、おもてをあげ、右側の窓をあけた。

「あそこですよ。空が少しぼおっと赤くなってるでしょ。あれはCGの立体映像じゃない。炎の照り返しだ。あそこが現場です」

「住所はわかるか？」

「だいたいなら」運転手は目をダッシュボードのスクリーンに戻した。

「四十三ブロックのどこかです」

「四十三ブロック！」

タロスはシートにすわったまま、跳びあがった。もしや、という思いが頭をかすめた。

「運ちゃんすまねえ。ここで降りる」

タロスは叫び、金を投げるように渡した。

「どうしたんです？」

「四十三ブロックが」タロスはリッキーを車内から押しだしながら言った。「俺の行先なんだ」

火事と知って集まってきた野次馬の壁を押しわけ、掻きわけ、タロスとリッキーは前に進んだ。

しばらく行くと、もうもうと立ち昇る黒煙と、派手に踊り狂う赤い炎が見えてきた。上空には消火用無人ヘリが何機も舞い、現場めがけて盛んに消火弾を撃ちこんでいる。

タロスは手近にいた男をつかまえた。

「燃えているビルの住所を教えてくれ」

「四十三ブロックのB十一だ！」

男は答えた。タロスの手から力が抜けた。不安が的中した。そこは間違いなく、ジャックポット・レイスのオフィスだ。

「どいてください！　どいて！」

負傷者がホバーベッドに乗って運ばれてきた。警官と救急隊員が人垣を押しのけている。ここからホバーベッドを救急ヘリで吊りあげ、病院に送りこむのだろう。

ホバーベッドがタロスの前を通過した。その中を、タロスは覗きこんだ。細身の黒人が横たわっていた。顔の半分が炭化している。目を閉じていて、呼吸が荒い。こいつだ、とタロスは思った。ジャックポット・レイスが、痩せた黒人だということをタロスはジヨウから聞いていた。

「待ってくれ！」

タロスはホバーベッドの正面へと躍りでた。救急隊員が、ぎょっとして立ちすくんだ。

「レイス！」

ホバーベッドに乗せられた黒人に向かい、タロスは怒鳴った。が、反応はない。

「レイス！」

顔を寄せ、もう一度、黒人の耳もとでタロスは怒鳴った。男の目がうっすらとひらいた。

「何をするんです！」

救急隊員が我に返り、血相を変えた。

「うるせえ！」タロスは隊員を一喝《いっかつ》した。

「こいつは俺の知り合いだ。ヘリがくるまで話をさせろ」

タロスの顔と剣幕はすさまじかった。それを見た係員は怯え、たじろいだ。反射的に何度もうなずく。こんな化物を相手に、拒否などはできない。

タロスはレイスに向き直った。

「レイス、何があったんだ？　レイス！」

「火柱だ」レイスは聞きとりにくいかすれ声で、つぶやくように答えた。

「火柱がいきなりあがった。罰《ばち》が当たったぜ。バッジを盗んだ報いがきた」

「ジョウはどこだ。一緒にいたのか？」

「ジョウ」レイスの目が、また閉じられた。

「クラッシャーは帰った。帰ったあとで連絡があった。タロスに伝えてくれと……」

レイスの声が、急に小さくなった。

「しっかりしろ、レイス」タロスは言う。

「ジョウの伝言はなんだ？」

「手懸りを得た。ホテルには帰らない」

そこで言葉が止まった。レイスの双眸《そうぼう》が、かっと見ひらかれた。

「呪《のろ》いだ。あんこくじゃし――」

声が途切れた。がくりと頭が横に倒れた。

「…………」

タロスは凝然《ぎょうぜん》となった。ふらふらとあとじさる。風が激しく渦を巻いた。救急ヘリだ。到着したらしい。上空から、フックのついたロープが降りてきた。

「タロス」リッキーが声をかけた。

「何かわかったかい？」

「…………」

タロスはそれに応えず、首をめぐらした。

「リッキー、行くぞ！」

いきなり叫んだ。

「どこへ？」

意味がわからず、リッキーはあせる。

「マナール宇宙港だ」タロスはメインストリートに向かい、歩きだした。

「バードに会う」

声高く、そう言った。

6

マナール宇宙港に着いた。まもなく午前五時になる。

夜はもう白じらと明けはじめていた。宇宙船のクルーが起きている時間ではない。しかし、タロスとリッキーは、とりあえず四一八スポットまで行ってみることにした。

幸いなことに、〈ドラクーン〉の荷積みは終わってはいなかった。というよりも、たけなわであった。大型のクレーンが巨大なコンテナを、つぎつぎと〈ドラクーン〉の船倉に運びこんでいる。

〈ドラクーン〉は百五十メートル級の垂直型宇宙船だった。貨物船としては小型の部類に入る。一匹狼の運び屋が持てる宇宙船はこのクラスあたりが限度なのだろう。もっと大きな船を買える人間は、もっとまともな職業を選んでいる。

タロスはクレーンのシステムを監視している作業員に声をかけ、バードの所在を尋ねた。船長はブリッジで荷積み作業の指揮をとっているという。タロスは呼びだしを頼んだ。

バードは、すぐに飛んできた。

「タロス」あらわれたバードは、うれしそうに言った。

「やっぱりきてくれたのか？　ジョウはどこだい？」

「いや」タロスは、かぶりを振った。

「きたのは俺と、このリッキーだけだ」

「アルフィンもいないのか？」

バードは左右を見まわした。

「わけありなんだ、バード。ちょいと予定が狂った」

「わけあり？」

バードの表情が曇った。

「力を貸してくれ。バード」

これ以上なく真剣な目で、タロスはバードを見た。

「ああ」バードはうなずいた。

「ほかならぬタロスの頼みだ。俺にできることなら、なんだってする」

「何も訊かずに、俺たちをある惑星まで送ってもらいたい」

「それは……」バードの口もとが歪んだ。

「かなりむずかしい注文だ」

山と積まれた貨物に向かい、バードはあごをしゃくった。

「あれの納期が迫っている。通り道なら問題ねえが、そうじゃないとなると、期待に応えられない可能性もある」

「行先は、カインだ」

タロスは言った。目がバードを見据えたまま、動かない。

「カイン」バードの口がぽかんとひらいた。

「なんで、そんなとこへ行くんだ？」

「何も訊かないって約束だぜ。行けるか、行けないかだけ聞かせてくれればいい」

「行くも行かないも」バードは肩をすくめて、言った。

「カインは俺の積荷の届け先だ」

「なんだって？」

タロスは思わず大声をあげた。その声が、すさまじい轟音と金属音で掻き消された。となりの離着床エリア、四三二スポットから一隻の宇宙船が発進した。三百メートル級の貨物船である。

騒音で会話が不可能になったため、三人はしばし口を閉じ、離陸していく宇宙船を目で追った。

その宇宙船に、ジョウが乗っていることをタロスは知らなかった。

タクシーから降りてマナール宇宙港のロビーに入ったところで、ジョウはタロスへの伝言をジャックポット・レイスに頼むという手を思いついた。通信機は依然として使用できないままだが、宇宙港のロビーには、備えつけの電話ボックスがある。自分が帰らなければ、タロスはジャックポット・レイスに連絡をとるはずだ。ジャックポット・レイスなら、電話がつながる。

さっそく電話をかけた。

レイスは伝言役を快く引き受けてくれた。これでいい。ジョウはほっと一息ついた。伝言さえ届けば、仲間に無用の心配をかけないですませられる。電話を切り、時計を見た。二二〇〇まであと五分になっていた。

地下通路を抜け、四三二スポットにでた。

「乗船タラップに進め」

いきなり、背後から声をかけられた。ジョウは驚き、一歩、飛びすさった。スポットにつづく斜路《ランプ》の脇に、ひとりの男がうっそりと立っている。背が異様に低い小男だ。身長は一メートルに満たっていない。ジョウは最初、子供かと思った。が、よく見るとそうではない。顔つきは三十すぎのおとなだ。髪を短く刈りあげていて、肌の色が浅黒い。まるで伝説にでてくる黒小人《ドワーフ》のようだ。

「何をうろたえている」ドワーフは無表情に言った。

「さっさと行け」

「ああ」

ジョウはどぎまぎと何度もうなずき、きびすをめぐらした。足を早め、小走りになった。

この馬鹿野郎。しゃんとしろ。怪しまれたらおしまいだぞ。

内心で、ジョウは自分自身を罵倒《ばとう》する。

四三二スポットには、五基の離着床があった。その中で、宇宙船が駐機しているのは、ひとつだけだ。三百メートル級の煤《すす》けた貨物船が一隻、夜空を背景にして塔のように聳《そび》え立っている。ほかに船がない以上、乗船タラップとは、この船のそれのことなのだろう。

行ってみた。予想は的中していた。

貨物船の乗船タラップの周囲に、三十人ほどの人間が集まっている。顔ぶれはさまざまだ。男も女も、おとなも子供もいる。共通している特徴は、暗黒邪神教のバッジだ。みな、それを胸に留めている。ジョウは素知らぬ顔をして、その集団の中にもぐりこんだ。

「あなたは、どちらから?」

ふいに、横に立つ男がジョウに向かって声をかけた。虚を衝《つ》かれた。ジョウはそんな感じになり、反射的に口をひらいた。

「パザムシティから」

思わず、そう答えてしまった。答えてから、ジョウはまずいと思った。案の定、相手はその答にいぶかしんだ。二十四、五歳といったところだろうか。シクルナには珍しい、堅気の風体の男だった。

「ほう。地元の方でしたか」

男はじろじろと無遠慮にジョウを見た。地元の人間が、派手なデザインのスペースジャケットを身につけている。どうにも解せない。そういう表情だ。

「この服は、兄から借りてきたものです」ジョウは、あわてて弁解した。

「宇宙旅行をするって聞いてましたから」

「あなた、テレパスですか？」

男はぼそっと問いを重ねた。ジョウはこの質問を、あせって口にした弁明に対する皮肉まじりのものと解釈した。

「いえ、違います」ジョウは言った。

「ちょっと先取りして言っただけです。テレパスだなんて、そんなわけないでしょ」

「………」

男の表情が、さらに変化した。不信感を強めているらしい。ジョウの背中を冷たいものが流れた。額にも、冷や汗が浮かんでいる。

「わたしはバーレン」男はジョウに向かい、右手を差しだした。

「よろしくお願いします」

「あ、どうも」ジョウはバーレンの手を握った。冷たく、生気に乏しい手だ。

「わたしはジョ、ジョージです。こちらこそ、よろしく」

バーレンの目が、何かを確信したかのように淡く炯《ひか》った。しかし、ジョウはそのことに気づかなかった。

「全員、乗船しろ」

とつぜん、鋭い声が飛んだ。先ほどのドワーフだった。いつの間にか、集まった人の数が五十人近くに増えている。指示に従い、二列に分かれた。それから、整然とタラップを昇った。

宇宙船は、外見は貨物船だったが、内部が改造されて客船になっていた。もちろん、これは違法行為である。貨物船に乗員以外の乗客を乗せてはいけない。また、そのように船体を改造してもいけない。

船室が割りあてられた。ふたりに一室ということになった。ジョウは、なぜかバーレンと同室になった。バーレンは、

「奇遇ですなあ」

と、驚いてみせた。が、それがポーズにすぎないことは、かれの目を見ただけで明らかだった。

俺は何か、重大なミスを犯している。

ジョウはいやな予感にとらわれていた。とはいえ、どんなミスをしたのかがわからなければ、手の打ちようがない。

なるようになるさ。

やや捨て鉢気味になり、ジョウは自分のベッドの上に転がった。

船室は狭かった。壁際に取りつけられた二段ベッドと、小さなテーブルがひとつあるきりで、ほかには何もない。ジョウがもぐりこんだのは、上段のベッドだった。

宇宙船は、なかなか発進しなかった。

乗船して二時間ほど経ったころ、ロボットによって食事が運ばれてきた。得体の知れない固型食と、得体の知れないジュースだけの簡単な食事である。ジョウは黙って、それを食べた。バーレンとは、一言も口をきかなかった。

乗船して七時間が過ぎた。

ジョウはベッドの中で眠っていた。こんなときに眠りたくはなかったが、からだのほうが睡眠を欲した。と、その耳に壁を伝わって、規則正しい振動が静かに響いてきた。エンジンの駆動音である。ジョウは目を覚まして、時計を見た。午前五時になっていた。

宇宙船が離陸している。

慣性中和機構が働いているので、宇宙船がどれくらいの加速で航行しているのかはまったくわからなかったが、すでに飛行しているのは明らかだった。エンジン音で、それが知れる。

いつワープするのか？

ジョウは計算した。加速は貨物船の通常レベルだ。それは間違いない。宇宙軍の臨検を受けたら拿捕《だほ》されかねない改造宇宙船である。目立つ行為はしないはずだ。となると、ガルシアド星域を離脱してワープに入るまでには、まだ少なくとも十時間はかかる。

ジョウは、もうひと眠りすることに決めた。目を閉じると、すぐに寝入った。

猛烈な嘔吐感《おうとかん》が、その睡眠を破った。

跳ねるように起きあがり、ジョウは呻《うめ》き声をあげた。

人類に宇宙という広大な居住地を与えてくれたワープ機関は、どうしても克服できないふたつの欠点を持っていた。

ひとつは巨大質量の近くで使えないということだ。惑星、恒星などの巨大質量の重力がワープ空間を歪め、システムを制御不能にしてしまう。そのため、宇宙船はいったん通常航行で安全な距離をとってから、ワープ機関を始動させねばならない。太陽系に設けられた星域は、その〝安全な距離〟をもとに設定されている。したがって、星域内では、いかなる場合でもワープ機関の使用が禁止されていた。

もうひとつの欠点は、人体への影響だ。

むりやり空間をねじ曲げて異次元空間に物質を転位するワープ機関は、生物の肉体に、大きな負担を強いる。この影響で、はじめてワープする人間は、ほぼ例外なく頭痛や嘔吐をもよおし、ひどいときには意識を失うこともある。

この症状は、ワープに慣れることで軽減できた。しかし、体調の悪いときにはベテランのパイロットであっても、眩暈《めまい》を起こすことがある。これを一般的にはワープ酔いと呼んでいる。

ジョウの感じた嘔吐は、明らかにワープ酔いであった。十何年かぶりのワープ酔いだ。

たぶん、生まれてはじめてワープを経験して以来のことである。

ジョウはワープに強かった。

とくに〈ミネルバ〉の副操縦席に着き、ワープ機関の操作にあたっているときは、不快感すら感じないほどワープに馴染《なじ》んでいた。システム操作時の精神的緊張が、ワープによる体内活動の急変化を自然に抑制していたのだろう。

緊張もなく、無防備に眠っているときにワープしたのは、ジョウにとって、これがはじめてのことだった。それが、思わぬワープ酔いを招いた。クラッシャーらしくない、うかつな失敗だ。

宇宙船は、さらに四回、ワープした。

ワープ酔いはその間ずうっと尾を引き、症状はワープのたびに悪化していった。最後のワープに至っては、苦しさのあまり、ベッドの上で激しくのたうちまわったほどである。

宇宙船がどこかに到着し、推進機関をすべて停止させたとき。

ジョウはげっそりとやつれ果てていた。

第三章　エスパーの星

1

船内に下船命令が流れた。

ジョウは、よろよろとベッドから降りた。足もとがふらつき、立っているのがやっとだ。バーレンにからだを支えられ、ハッチに向かった。

エアロックの手前に、あのドワーフがいた。ひとりひとりを呼び止め、なにごとか尋ねている。

ジョウの番がきた。

「シールドできるか？」

ドワーフはそう訊いた。ジョウには、なんのことか、まったくわからない。

「いや」

あてずっぽうで答えた。とりあえず否定したほうがいいと思った。

「では、中で宇宙服を着ろ」

ドワーフは言った。

ジョウはエアロックに入った。壁にずらりと宇宙服が並んでいる。クラッシュジャケットの場合、ヘルメットさえ装着すれば、宇宙服として一応機能するが、それをここでやるわけにはいかない。言われたとおり、ジョウはクラッシュジャケットの上に宇宙服を着こんだ。消耗《しょうもう》した身に、宇宙服が重い。少しよろめいた。それをまたバーレンが助けてくれた。

案外、いいやつなのかな。

などと、ジョウは思った。バーレンは宇宙服を着ようとしない。そのままの姿で、ハッチがひらくのを待っている。

圧縮音が弾《はじ》け、ハッチが動いた。空気が宇宙船の外へと流れでていく。

かすかなざわめきが、ヘルメットのスピーカーを通じてジョウの耳に届いた。宇宙服を着ている者たちの驚きの声だ。眼前に広がる光景が、予想とあまりにも食い違っていたかららしい。

ジョウは船外を見た。

それは、背筋が凍りつくほどに荒涼とした凄惨な光景であった。

地表が一度、想像を絶するような高熱で灼かれ、また冷え固まったのだろう。凹凸に乏しいガラス状になった黒光りする地面が、どこまでもつづいている。もちろん、植物と名のつくものは、一木一草とて見あたらない。いや、そもそも生命と名のつくものが、どこにもいない。それは確認するまでもなく、明らかだ。恒星に近接する軌道を持つ惑星に、こういった表面の星を見かけることがある。あまりにも強い太陽の輻射熱《ふくしゃねつ》で灼かれ、表面が融け固まってしまうのだ。

しかし、いまジョウが目のあたりにしているこの星は、恒星の表面を這うようにしてめぐっている惑星ではない。それは頭上に見える太陽の大きさでわかる。位置的には、むしろ、人類にとって理想的といっていい軌道を有しているような惑星だ。そのように見受けられる。

もしかして、極端な楕円軌道を有している星なのだろうか？

ジョウは考えた。近日点では太陽に異常に近づく惑星。それは十分にありうる。そうであれば、現在は遠日点にあるということで、合理的な説明が成り立つ。

ハッチから地上まで、タラップが伸びた。

全員が下船した。ガラス状の地表に降り立った。宇宙服を着ている者と、そうでない者が混在している。その比は、およそ二対一。ドワーフは宇宙服を着ていない。ここに至って、ようやくジョウは質問の意味を理解した。〝シールド〟できない者だけが、宇宙服を着ている。だが、シールドとはいったいなんだ？　あらたな疑問が、ジョウの裡《うち》に生じた。

「諸君」ヘルメットのスピーカーからドワーフの声が流れてきた。

「よく、ここまできてくれた」

声は言った。どこかに超小型マイクを仕込んでいるらしい。ドワーフは、つづけた。

「ここは惑星カインである」

カイン！

ジョウは心の中で叫んだ。悪魔に魅入られた星、カイン。その名をジョウは知っている。

そうか。これがカインだったのか。

ジョウは周囲をあらためて見渡した。

「騒ぐな」ドワーフが鋭く言った。口が動かない。しかし、声はたしかに大きく響く。

「これより、暗黒邪神教の儀式のため、聖なる洞窟に入る」

からだが沈む感覚があった。ジョウはあわてて、足もとを見た。まわりにも目をやった。三十メートル四方ほどであろうか。五十人あまりの人間が立っている大地の一画が、ゆっくりと降下しはじめている。どうやら、地表そのものがエレベータになっているようだ。

十メートル程度で、下降は終わった。三方が金属の壁に囲まれた。一方向だけ、視界がひらけている。明るく輝く通路だ。「そこを進め」と、ドワーフは命令した。言われたとおり、通路に入った。短い通路だった。二十メートルほどで、がらんとした広間にでた。

広間の中央に行き、五十人は足を止めた。広間には先客がいた。顔とからだが完全に覆われる、ゆったりした頭巾《ずきん》とローブを着た連中だ。色は鮮やかなイエロー。何十人といる。

かれらは、その手にきちんとたたんだ同色の頭巾とローブを持っていた。

「いま着ているものを脱ぎ、全員、これに着替えよ」

ドワーフが言った。黄色い一群が新参者にローブを配った。ジョウも宇宙服を脱ぎ、それを受け取ろうとした。と、それを。

「待ちたまえ」

ドワーフが止めた。いつの間にか、ジョウの背後にドワーフがきている。

「きみは着替えなくてもよいのだよ」ドワーフは言った。

「クラッシャージョウ」

ジョウの背中にレイガンの銃口が押しあてられた。

「ちっ」

ジョウは舌を打った。と同時に、からだが反応した。足が高く後方に跳ねあがった。

こんな虎穴のただなかで抵抗するのは、あまりにも危険な行為だ。しかし、ジョウはためらわなかった。思考よりも先に、足のほうがドワーフを蹴り倒そうとした。

が、宙を舞ってひっくり返ったのは、ジョウのほうだった。

蹴りをあっさりとかわされた。ジョウは仰向けに転がった。軸足が体重を支えきれない。ワープ酔いによる衰弱は、本人が自覚している以上に深刻だった。

黄色い一群が、ジョウを取り押さえた。あとで知ったことだが、ドワーフはかれらのことを〝闇の使徒〟と呼んでいた。

闇の使徒につかまり、殴打《おうだ》されるジョウを眺めながら、ドワーフはつぶやくように言った。

「クラッシャーとは、恐ろしいものだな。無意識に攻撃を放つ」

にっと笑い、ドワーフはきびすを返した。着替えを終えた闇の使徒たちに向き直った。

「すべての者、聖なる洞窟の奥へと進め。ほどなく大会堂で、儀式が執《と》りおこなわれる。そこで」と、ドワーフはジョウを指差した。

「この異端者を大司教猊下《げいか》がお裁きになる」

闇の使徒たちはドワーフの言葉に従った。ぞろぞろと移動を開始する。ジョウはドワーフにかつぎあげられた。小男は、ジョウのからだを軽々と持ちあげる。ジョウは抵抗を試みたが、なぜか金縛りにあったようにからだが動かなかった。

再び、光り輝く通路に入った。広間の脇に口をあけていた少し狭い通路だ。運ばれながらジョウは、この通路がゆるい勾配で螺旋状《らせんじょう》に地下へと下っていることに気がついた。通路は、壁、床、天井のすべてが発光パネルでつくられている。

これがドワーフのいう聖なる洞窟なら、ずいぶんと近代的な洞窟ということになる。

ジョウは、そう思った。

二十分近く通路を進んだ。ドワーフはまったく疲れをみせない。通路の先に、黒い扉が見えてきた。ドワーフはそれを目にすると、ジョウをかついだまま小走りになり、前を歩く闇の使徒たちをつぎつぎに追い越して、その先頭に立った。

扉の正面に到達した。ドワーフは歩を止めた。

扉が向こう側に、ゆっくりとひらいた。

わあん、という怒濤《どとう》のような喚声《かんせい》が大きく響き渡った。

ドワーフと闇の使徒たちが、扉をくぐる。

でた場所は。

会議場の座席だった。それも、二階席である。巨大な円形会議場の上にぐるっとリング状に張りだしたフロアだ。ドワーフが前進するのにつれて、ジョウの目に一階のフロアが入ってくる。かなり広い会議場らしい。ドワーフの言葉どおりの大会堂だ。何千という座席がある。そして、そのすべてが黄色のローブをまとった闇の使徒たちによって埋めつくされている。一瞥《いちべつ》しただけでは、黄色い絨緞《じゅうたん》が敷きつめられているようにしか見えない。すさまじい喚声は、かれらが唱えている祈りのような言葉だ。それが複雑に重なりあって、轟音のごとくわんわんと響いている。

ドワーフは二階席の最前列に進んだ。二階席には、誰もいない。あらたに到着した闇の使徒は、みなこの二階席に連れてこられた。その全員が、席に着いた。

最前列の左奥にドワーフは向かった。そこに螺旋階段があった。ドワーフは、それを下った。一階のフロアに降りた。

降りると、そこは会議場の演壇であった。天井や壁が、鍾乳洞《しょうにゅうどう》の中を連想させるような不気味なデザインで飾られている。演壇の隅に椅子が並んでいた。その一脚の上に、ドワーフはジョウを降ろした。椅子の肘掛けが横にスライドし、ジョウの腰をはさみこんだ。これで、ジョウはもう身動きができない。少なくとも、椅子から立ちあがることは不可能だ。ジョウはためしに腕を持ちあげてみた。腕はあがった。金縛りは解けている。

ドワーフが、ジョウのとなりの席に着いた。ジョウに目をやり、にやりと笑った。

闇の使徒の詠誦《えいしょう》は、まだつづいている。ジョウの真正面でひしめいているのは、何千人という数の闇の使徒たちだ。その圧力が強い。詠誦には、一種異様な抑揚があり、いまではっきりとそれが何かの呪文であることがわかる。

「スタロト、アドル、カケト、ベリエリト、マゾ……」

声が薄気味悪く響く。が、その呪文の意味は見当もつかない。

とつぜん、重々しく銅鑼《どら》が鳴った。

呪文がいっせいに鎮《しず》まった。大会堂が静謐《せいひつ》に包まれた。

ジョウの足もとの床が割れた。ななめ前、演壇の側である。そこから、ひとりの人間がゆっくりとせりあがってきた。大柄な男だ。身長は二メートルに近い。血のように赤い頭巾とローブを身につけている。顔はよく見えなかった。ジョウの眼前に真紅の背中だけが広がっている。だが、ジョウには、これがドワーフの言っていた大司教だと察しがついた。

大司教が両手を胸の前に差しあげた。沈黙が破れ、また激しい大喚声が沸き起こった。

大司教は両手を下げた。声は一瞬にして消えた。

大司教が口をひらく。声が大会堂を揺らし、朗々と響き渡る。

「きょう、あらたに四十七名の同胞がわれらの呼びかけに応え、闇の使徒となって馳《は》せ参じてくれた。大司教として、これにまさる喜びはない。思えばこの十年は、暗黒邪神教にとって、あまりにも長い十年であった。われわれは文字どおり、こうして地にもぐり、苦節を耐え忍んできた。なぜか？　師亡きあと、その志を受け継いだわれらの力が、あまりにも弱かったからだ」

いったん言葉を切り、大司教は闇の使徒を睨むように見据えた。

「だが、いま、師は復活なされた」言を継ぐ。

「暗黒邪神教を再建するときがきた。わが同胞よ。闇の使徒たちよ。いまより、われらの時代がはじまる。人間どもは堕落し、その活力を失おうとしている。このままだと、やがて地は乱れ、宇宙に人類の死臭が漂うことになるだろう。そのときこそ、われらは光の使徒となる。そして、古き人間どもが闇の深みに堕《お》ちていく。そのとき、人びとはかつてかれらが悪魔と呼んだものに向かい、こう叫ぶことだろう。あなたこそが真の天使であったと」

咆哮《ほうこう》が爆発した。すさまじい歓喜の声が大会堂に反響《こだま》した。闇の使徒が熱狂する。手を振り、足を鳴らして歓び、声を張りあげる。

それを制するように、大司教の右手が高く挙がった。

喚声が瞬時に熄《や》んだ。

大司教は、ひときわ大きく声を張りあげる。

「しかし、諸君。きょう、ここにひとりの忌《い》まわしき敵がやってきた。そう。この男、クラッシャージョウだ！」

大司教が体をめぐらし、自身の右背後にすわるジョウを指し示した。

ジョウの頬が、痙攣《けいれん》するようにひきつった。

2

憎悪の雄叫《おたけ》びがあがった。耳を聾《ろう》する大音声だ。大司教は、いま一度、右手を挙げ、それを制した。

「このクラッシャーは愚かにも、シクルナの情報屋がわれらの同胞から盗んだ暗黒邪神教の尊いシンボルを身につけ、闇の使徒になりすましてカインの地までやってきた」大司教は言う。

「われらをだましおおせるなどと思いこんで」

笑い声があがった。けたたましい嘲笑だった。ジョウは悔しさに顔を赤く染め、唇を噛んだ。なぜそこまで知られているのか、その理由がまったくわからない。

「この男が、聖なるカインの地に姿をあらわした目的を言おう」大司教は言葉をつづけた。

「こやつは、われらが師、アスタロッチ様に禍《わざわい》をなしにきた」

おおっ、という強いどよめきが空気を激しく振動させた。殺意をたっぷりと含んだ、憎悪の塊のようなどよめきだった。

「アスタロッチなんて、俺は知らん！」

ジョウは懸命に怒鳴った。しかし、その声はジョウの口からでるのと同時に掻《か》き消され、誰の耳にも届かない。

「こやつは、アスタロッチ様の敵だ！」

大司教が叫ぶ。

「アスタロッチ様の敵だ！」

その言葉を闇の使徒が復唱する。

「アスタロッチ様はお怒りになられた！」大司教は拳《こぶし》を頭上に振りかざした。

「こやつにアスタロッチ様の使命を阻むよう依頼したエイムズという弁護士も、尊いシンボルを盗んだシクルナの情報屋も、アスタロッチ様の怒りの炎に身を焼かれ、息絶えた。つぎはこやつだ。こやつが死ぬ番だ！」

「そいつが死ぬ番だ！」

怒号が渦を巻く。

ふざけやがって。

心の中で、ジョウはうなった。こいつらはなんでも知っているようでいて、何も知らないじゃないか。自分はアスタロッチとかいう男を害するためにきたのではない。仮に、そいつがクリスを誘拐した犯人であっても、手をだすことは契約で厳しく禁じられてい

る。これは、明らかな誤解だ。こんな誤解で殺されたのでは割が合わない。

「違うぞ！」

ジョウはありったけの声を張りあげ、わめいた。

「どう違う？」

大司教が振り返って訊いた。ようやく、ジョウの声が聞こえたらしい。

「俺はアスタロッチなんて男は知らない」ジョウは言った。

「俺が頼まれた仕事は、犯人と対決することなくクリスを救出しろというものだ。ほかの誰も関係ない。俺がやるのは、ただクリスを親のもとに連れて帰ることだけだ」

「笑止！」

大司教が怒鳴った。

「笑止！」闇の使徒も呼応した。

「そいつを殺せ！　生贄《いけにえ》にしろ！」

「マルパ！」

大司教が首をめぐらした。

「はっ」

大司教に名を呼ばれ、ドワーフが立ちあがった。

「こやつを聖なる洞窟の奥に連れていけ。アスタロッチ様が、みずからこやつを八つ裂きにされる。それまでは、悪魔の爪を背負わせ、洞窟掘りにあたらせろ」

「はっ」

マルパは椅子の脇に立ち、肘掛けを外した。そして、またジョウを肩の上に持ちあげる。ジョウは再び金縛り状態に陥った。そこではじめて、ジョウは気がついた。マルパに触れられると自由が利かなくなる。

マルパは演壇を降り、一礼して大会堂の隅に向かった。そこに小さなドアがある。そのドアをくぐった。

通路にでた。まだ完成していない、組まれた鉄骨が剝《む》きだしになったままの狭い通路だ。

通路の中央に、円盤型の小さなエアカーが置かれていた。ふたりがぎりぎりで乗れる程度の大きさである。マルパはエアカーにてのひらを向けた。エアカーのボディが上方に跳ねあがった。前後のシートが出現する。マルパはその後部シートにジョウを押しこみ、自分は操縦席にもぐりこんだ。レバーを握り、コンソールのボタンを押した。

エアカーが十センチほど浮きあがった。静かに走りだす。すぐに速度が時速百五、六十キロに達した。マルパはレバーを握ったきり、操縦のようなことは何もしていない。行先がプログラムされているのだろう。通路の壁ぎりぎりをエアカーのボディがかすめていく。

通路の中は薄暗かった。発光パネルではなく、旧式の照明灯が使われている。しかも、その数が少ない。エアカーは、ヘッドライトを輝かせ、通路をひた走った。

五時間が過ぎた。エアカーは走りつづける。通路はいっかな終わる気配を見せない。

途中で一度、マルパはジョウの口に固形食料を押し入れた。眠るのは、許さない。ジョウが目を閉じると、マルパは振り向き、ジョウの顔を平手ではたく。快適なドライブを楽しませる気は、さらさらないらしい。

目的地に着いたのは、九時間後であった。その間、速度はまったく落ちなかった。となると、実に千五百キロ近くをエアカーで一気に走破したことになる。狭い通路の中、それも金縛りにあったままだ。ジョウは、金縛りが解けたときに味わうであろう関節の痛みのことを思い、マルパを呪《のろ》った。

エアカーが着いたところは、工事現場だった。

異様な工事現場である。トンネルを掘っているようだが、近代的な鑿岩《さくがん》機械は一台も存在しない。いや、鑿岩機械だけではなく、およそ機械と名のつくものは、いっさい見当たらない。ロボットも。運搬装置も。

かわりに、相当数の人間たちが作業に従事していた。髪もひげも伸び放題で、両手両足を長さ一メートルくらいの鎖でつながれた、泥まみれの男たちだ。全員、上半身裸で、痛々しいほど痩せこけている。四、五十人はいるだろうか。みんな、手に金属でできた見慣れない道具のようなものを持っている。それがはるかなむかし、ツルハシとかシャベルとか呼ばれていた掘削《くっさく》ツールであることをジョウは知らない。

鞭《むち》を持ち、ヘルメットをかぶった現場監督とおぼしき男がマルパの前にあらわれた。赭《あか》ら顔で、でっぷりと太っている。

「新入りですかい？」

マルパに向かい、男が訊いた。

「そうだ」マルパはうなずいた。

「生きがいいやつだ。いまのうちに鎖を巻け。俺がいなくなったら、手に負えなくなる」

「見たところ、それほどのタマには思えませんが」

男は疑り深い目つきで、エアカーの後部シートに転がるジョウをじろじろと眺めた。

「こいつは、これから悪魔の爪を背負う」

マルパが言った。

「げっ」

男の顔色が変わった。

「わかったら、すぐに鎖と悪魔の爪を持ってこい！」

「へい」

男は体をめぐらし、あわてて姿を消した。

「あいつは現場監督のクラップだ」

マルパはジョウに向き直った。ジョウが怒りのまなざしで、ドワーフの顔を見据えている。

「ふっ」とつぜん、マルパが笑った。

「非能率的な工事現場だと？　ほざけ。ここほど能率的なところはないぞ。拷問《ごうもん》を目的としたときだけだが。ああ、そうだ。洞窟を広げるだけなら、機械を使えばいい。一日に何十キロと掘り進んでくれる。これまでに完成した洞窟はみなそうやって掘った。しかし、ここは違う。穴を掘るのが目的ではない。きさまのようなやつを痛めつけるために、ここはある。ほう。ようやくわかったらしいな。そのとおりだ。クラップは現場監督などしていない。あいつはただの拷問係だ」

クラップがあたふたと戻ってきた。今度は鞭と一緒に、合金でできた太い鎖を持っている。

「悪魔の爪はどうした？」

「すぐに部下が持ってきます。あたしは鎖だけでもと思いまして」

「いいだろう。すぐに装着しろ」

マルパはあごをしゃくった。ジョウはエアカーから降ろされ、クラッシュジャケットを剝ぎとられた。かわりにぼろ布のようなズボンが与えられる。上半身は裸のままだ。それから、クラップはジョウの両手と両足を鎖でつないだ。マルパがジョウを一睨《ひとにら》みし、金縛りを解く。無理な姿勢をつづけていたために生じた激痛が、ジョウの全身を走った。ジョウは呻き声をあげ、俯《うつぶ》せに倒れた。

「寝るんじゃねえ」

マルパが地面に落ちたジョウの顔を蹴とばした。ジョウは口の端から血を流し、上体を起こした。

「おまえ、エスパーだな」

ドワーフに目を向け、ジョウは言葉を絞りだした。

「いまごろ気がついたのか。鈍いやつだ」

マルパはせせら笑い、いま一度、ジョウの腹を爪先で蹴った。

「がふっ」

ジョウは胃液を吐き、その場にうずくまった。

「悪魔の爪です」

クラップが言った。マルパは背後を振り返った。

ふたりの屈強な男が、巨大なフォークにも似た金属製の物体をかついでいた。

全長は一メートル五十センチといったところか。一メートルが柄の部分で、残りの五十センチは鋭いエッジのついた三本の爪になっている。爪は三本とも、途中で曲げられていて、真ん中の一本だけ曲げ角が浅い。あとの二本は、ほぼ九十度に近い角度に折れている。砥《と》ぎあげられ、エッジになっているのは、その内側の部分だ。

「重さは六十キロ」ジョウを見おろし、マルパが言った。

「これをきみに背負ってもらう」

マルパは目で合図した。

クラップがもがくジョウを押さえつけ、立たせた。ふたりの男が、ジョウの背中に悪魔の爪を載《の》せた。

「ぐっ」

悪魔の爪の重みで、ジョウの腰が曲がった。ジョウは前のめりの姿勢になった。革のベルトがジョウの腰に巻かれる。悪魔の爪がずり落ちないように、金具でしっかり留められる。ジョウの肩と後頭部に、三本の爪のエッジがぐさりと食いこんだ。肩から胸に、生温かいものが流れた。血だ。

膝にも、金属ベルトが巻かれた。スプリングと錐《きり》を組み合わせたような形状をしている。悪魔の爪の重さに耐えきれず、うかつに膝をつけば、その錐の部分が膝頭に突き刺さる仕掛けだ。立ちあがると、スプリングの力で肉をえぐりながら、錐は抜ける。

ジョウは巨大なフォークを背負い、それを肩と後頭部で支える形になって立っていた。

立つといっても、直立ではない。腰を大きく曲げていないと、エッジ状の爪の重量が肩に集中し、皮膚と肉がざっくりと裂けてしまう。後頭部も同じだ。あごを胸につけて、ある程度の角度を保っていない限り、後頭部に致命傷を負うことになる。

「いい恰好だ」クラップが手を打って笑った。

「しかし、これを忘れているな」

　クラップは、ジョウに一本のツルハシを渡した。柄にびっしりと鋭い金属のトゲが埋めこまれたツルハシだ。見た目は、まるでイバラの蔓《つる》である。

「穴掘りの道具だ」クラップは言を継いだ。

「その恰好のまま、これで穴を掘れ。いいか、間違っても自分の墓穴にするんじゃないぞ。おまえの処刑は、アスタロッチ様がなさる。それまでは、必死で生きつづけるがいい」

「…………」

　ジョウは何も言わず、ツルハシの柄を握った。トゲが皮膚を貫き、肉に食いこんだ。

鮮血が赤くほとばしった。

3

激しい痛みが、ジョウの心臓を強く締めあげた。電撃によるショックに似ている。ジョウは歯を食いしばり、目を固く閉じて、その苦痛に耐えた。

「やるじゃねえか」

クラップが言った。言うのと同時に、ジョウをうしろからいきなり突き飛ばした。ジョウはバランスを失い、前のめりに倒れて膝をついた。

「！」

声もでないほどの激痛が、膝から脳天に向かって走った。反射的にあごが跳ねあがった。

ずりっという音がした。後頭部をえぐられた音だった。血が背中を流れ伝う。それが感覚でわかる。筋肉の痙攣《けいれん》だろうか。腕がわなわなと震えた。

「立て」低い声で、マルパが言う。

「立って、穴を掘れ」

「あ、ああ、あああ」

ジョウは呻く。声はまったくでない。ただひたすらに呻くだけ。

「立て！」

クラップがジョウの脇腹に鞭を振りおろした。

鋭い音が弾ける。ジョウはトゲだらけのツルハシの柄を、指が白くなるほどに強く握りしめ、それでからだを支えた。むりやり立ちあがる。

鈍い音を響かせ、膝から錐の尖端が抜けた。血が噴出する。ズボンがたちまち真っ赤に染まった。

「突きあたりに進め」クラップが言った。

「そこで、穴を掘れ。それがおまえの仕事だ」

また鞭を揮《ふる》った。ジョウの背中で、皮膚が裂けた。

ジョウは足を踏みだした。一歩一歩、ゆっくりと前進する。にじみでた脂汗《あぶらあせ》が、額の上で玉になっている。それが目に入って、目をあけているのもつらい。視界がかすみ、歪《ゆが》む。全身が痺《しび》れ、感覚が失せてきた。足も手も自分のものとは思えない。息が切れる、ときおり意識がふうっと遠のいていく。

「止まれ」クラップの声が耳朶《じだ》を打った。

「掘るのは、そこだ」

ジョウは止まった。そろそろとツルハシを持ちあげた。もう何も感じない。トゲが手の甲を突きぬけている。しかし、それだけのことだ。ジョウはツルハシを地面に振りおろした。すると、とつぜん鋭い痛みが甦った。痛みは腕のみにとどまらず、全身に広がった。

「くっ」

短い呻き声が、喉《のど》の奥から漏れた。

ワープアウトした。

〈ミネルバ〉の加速は、まだ百四十パーセントを超えている。依然として、非常識な猛加速だ。船体に異常が生じないのが不思議である。

アルフィンは、フロントウィンドウに目をやった。G型スペクトルの恒星がひとつ、円盤状に見えている。〈ミネルバ〉が向かっているのは、その星だ。

「カインの太陽、ゲッセマネよ」

ソニアが言った。いまはもう、すっかり声が落ち着いた。一時、あれほどに威圧的な態度をとったのは、やはりソニアの言う〝大きな力〟のせいだったようだ。ふいに、その〝大きな力〟がソニアの精神に加わったので、とまどった彼女が自分自身を制御できなくなってしまったのだろう。

となると、威圧的な態度は、〝大きな力〟の本質に根ざすものと考えられる。それはアルフィンの認識する〝善〟とは、ひどくかけ離れた本質だ。〝大きな力〟の正体は未だに見当もつかないが、アルフィンはその中に何か邪悪なものがあるような気がしていた。根拠はないが、不快な意思が、そこに存在している。

「惑星がひとつしかないわ」ゲッセマネを中心にして立体表示されている3D星図を見

て、アルフィンが言った。

「珍しい太陽系」

ほとんどの恒星は大小の差こそあれ、複数の惑星を持っている。さもなければ、ひとつもないか。そのいずれかということが多い。

「そのひとつきりの惑星がカインよ」ソニアは歌うように節《ふし》をつけて言った。

「十年前、住民がひとり残らず焼き殺された星」

ソニアはくりっとした愛らしい目をアルフィンに向けた。

「いまでもあたしには聞こえる」

「何が？」

「カインで死んだ人たちの声。熱い。熱い。助けてくれって叫んでいる」

アルフィンは、背中に冷水を浴びせかけられたような気がして、身をぞくりと震わせた。

なんて子なんだろう。

と、思った。

死者の声を聞くなんて。

「怖がらないで、アルフィン」すがるような声で、ソニアが言った。

「あたし脅かすつもりで、言ったんじゃないの」

暗く沈んだ声だ。アルフィンが見ると、ソニアはせつなくなるほど哀しげな表情をしている。

「わかってるわ、ソニア。ちょっとびっくりしただけ」アルフィンは、やさしくソニアの手を把った。

「あなたはあたしといろいろな意味で違っている。それに慣れるのには、もう少し時間がかかるわ」

「お願い。アルフィン」ふいにソニアがアルフィンの右腕にすがりついた。

「あたしを嫌わないで！」

ソニアの瞳からは、涙がとめどなく流れ落ちている。アルフィンは左の手で、その艶やかな髪をやさしくなでた。

「あたし、みんなに嫌われていたの」泣きながら、ソニアは言う。

「あたしが人の心を読むからって。両親でさえ、あたしを嫌っていた。あたしにはふたりの考えていることが全部、手にとるようにわかった。だから、あたしは捨てられ、施設に入れられた。そこでもあたし、嫌われたわ。そしたら、誰かがあたしを呼んだの。こい。カインへこい。誰かは、そう言ってあたしを呼んだ。それが〝大きな力〟だった」

ソニアはおもてをあげ、アルフィンを見た。

「お願い、アルフィン。あたしを嫌わないで。あなたにはたくさんお友だちがいて、みんなに愛されている。でも、あたしにはあなたしかいない。あなただけが、あたしの友だちなの。アルフィン」

「ソニア」アルフィンは少女を両手で引き寄せ、思いきり抱きしめた。

「あなた、エスパーだったのね」

名状しがたい思いが、アルフィンの心をひたひたと満たした。ソニアはアルフィンの胸に顔をうずめ、小さくうなずいている。

最大の謎が氷解しかけていた。〝大きな力〟の意味だ。正体は不明だが、〝大きな力〟とは、どこかに存在する強力なエスパーのサイコ・フォースそのものだ。そうとしか思えない。

〝大きな力〟の持主であるかれ（あるいは彼女）は、なんらかの目的で仲間を集めている。サイコ・フォースを使ってエスパーを探し、まだ未発達の能力に刺激を与えてその力を高め、エスパーとして目覚めたところを見計らい、カインに呼ぶ。なんのために？　それはまだわからない。しかし、それが事実ならば、あの邪悪な感覚がひどく気にかかる。敵意と憎悪を奥底にひそませた強い力。その力を持つ者が、いま銀河系全域から仲間を集めようとしている。

「〝大きな力〟は、悪い力なの？」

涙を拭き、ソニアが訊いた。

「あたしには判断できない」アルフィンはかぶりを振った。

「〝大きな力〟が直接、あたしに届いたことは一度もないから。ソニアはどう思う？」

「あたしも、わかんない」

ソニアは、消え入りそうな声で言った。そうだろう。ものごころついてから、つらい目に遭《あ》わされつづけてきた八歳の少女に、そんなことがわかるはずもない。

「でも、ひとつだけはっきりしているわ」ソニアは言を継いだ。

「〝大きな力〟は、アルフィンのようにやさしくないの」

「ありがとう。ソニア」

アルフィンはにっこりと微笑んだ。心が浮きたつ。自分はソニアをいたわってばかりはいなかった。ときにはひどく罵ったこともあった。それでもソニアは自分を慕ってくれている。それがアルフィンとっては、なによりもうれしい。

こんなあたしでも、誰かの支えになることができるんだ。

その思いがアルフィンの全身を喜びで激しく震わせる。

縁《えにし》って不思議。アルフィンは思った。たまたまマーケットにいあわせたあたしが、ソニアの悲鳴を聞きつけて……。

「！」

アルフィンの脳裏に、ある姿が甦った。背すじがすうっと冷える。

とつぜん、恐ろしい想像が彼女の意識下に大きく広がった。

モスグリーンの一群。

かれらのことを忘れていた。あの一群は、街のチンピラなどではなかった。間違いなく、連合宇宙軍の兵士にも匹敵しかねない能力と装備を持った、組織的な軍事集団だった。そして、なによりもソニアがエスパーであることを、かれらは知っていた。だからこそ、テレパシー能力を持つソニアが、宇宙港であれほど怯えた。かれらはすさまじい殺気をはっきりと帯びていた。

「ソニア、あなた」

アルフィンの表情が固くなった。

「ええ」アルフィンが質問を口にする前に、ソニアは強くうなずいた。

「少し前に〝大きな力〟が教えてくれた。あの人たちは、対《A》エスパー《E》同盟《A》のメンバーよ。モスグリーンがかれらのシンボルカラー」

「たいへんなことが起きようとしている」アルフィンの顔から血の気が引いた。

「かれらがいるから、〝大きな力〟はエスパーを集めているんだわ」

「そのとおりよ。アルフィン」ソニアの頬も白くなった。

「いま、わかったの。〝大きな力〟は、戦争をはじめようとしている」

「キャハハ、非常事態発生。キャハハ」

いきなり、ドンゴのけたたましい声が船内に反響《こだま》した。

「どうしたの？」

「がるしあど星域デ遭遇シタ戦闘宇宙艇ノ同型機ガ急速接近中。キャハハ」

ドンゴは言った。

「ソニア！」

アルフィンは少女に向き直った。

「大丈夫よ。アルフィン」ソニアが言った。声に動揺がない。

「かれらには何もできない。落ち着いて、シートにすわっていて。いまの〈ミネルバ〉に危害を加えられる者なんてどこにもいないわ」

スクリーンに戦闘宇宙艇の機影が入った。真正面からだ。〈ミネルバ〉が急加速しているので、信じられないほど速く、彼我《ひが》の距離が縮まっていく。

戦闘宇宙艇がまたたくように光った。

宇宙空間に、光条が幾筋も疾《はし》る。

攻撃がはじまった。

4

〈ミネルバ〉めがけて、ビームが殺到してきた。

「あん！」

アルフィンがうろたえる。

「平気よ」

ソニアが凛《りん》と言った。

「え？」

ぱちぱちと、アルフィンはまばたきした。ソニアが「平気よ」と言った直後だ。ビーム砲の光線が〈ミネルバ〉の直前で方向を変えた。まるで〈ミネルバ〉を避けるかのような動きである。アルフィンは、思わず自分の目を疑った。

「なに、これ？」

「〈ミネルバ〉のすぐ横に重力場をつくったの。〈ミネルバ〉はシールドされているから、影響を受けない」

ソニアは、こともなげに言った。しかし、無人機のため、ビームが曲げられたことに脅威を感じない戦闘宇宙艇は、そのまま〈ミネルバ〉に向かってまっすぐに突っこんでくる。回避する気配はない。

「だめ。ぶつかる！」

アルフィンが叫んだ。フロントウィンドウいっぱいに戦闘宇宙艇の機影が広がった。

が、つぎの瞬間。それはどこかに消えた。

「？？？？」

アルフィンは、きょとんとしている。被弾も衝撃も、まったくない。

「ガスになっちゃったわ」ソニアが説明した。

「あの加速で、シールドに激突したんですもの。ひょっとすると、原子のオーダーまで分解してしまったのかもしれない」

「どうして、こんなところに戦闘宇宙艇がいるのよ？」

「カインを対エスパー同盟が包囲したから。多数のエスパーがカインに集まっているという情報をなんらかの方法でつかんだのね。あの組織は、エスパーと名のつく者を、ひとり残らず皆殺しにする気でいる」

「じゃあ」

「そう。戦争は、もうすぐそこに迫ってきているわ」

戦闘宇宙艇をあっさりと蹴散らした〈ミネルバ〉は、カインの衛星軌道にのった。

しばし周回してから、着陸態勢に入る。完全に自動操縦状態だ。アルフィンもドンゴも、操船をしていない。

メインスクリーンに、カインの地表が映しだされた。

いったん沸騰《ふっとう》し、溶解してから固まったガラス状の大地である。ひきつれやひび割れが無数に望見され、それが遠目には何かまがまがしい模様を、そこに描いているように思われる。

「記憶がどんどん流れこんでくる」

ソニアが言った。

「死者たちの？」

アルフィンが訊いた。

「違うわ」ソニアは否定した。

「〝大きな力〟の記憶よ」

「！」

「燃えさかる都市が見える。焼け死んでゆく人びとが見える。つぎつぎと青白い火球を吐きだす人工衛星が見える。そして、すごい勢いで炎が四方に広がっていく」ソニアは目を閉じた。

「男の人が見えるわ。年齢はそう……三十六、七歳。名前は……オニール。オニールって人よ」

「その人が〝大きな力〟の持主？」

「ううん、そうじゃない。この人は。あっ」ソニアは小さく叫んで、目をあけた。

「意識がシールドされた」

「どういうこと？」

「ここから先は、まだ知られたくないんだわ」

「………」

アルフィンは小刻みに何度も首を横に振った。同時に、小さなため息も漏れた。

「エスパーの話は何度か耳にしたことがある」アルフィンは口をひらいた。

「そう自称する人にも、二度ほど会ったわ。でも、ソニアのような人じゃなかった。ただの手品師みたいだった。ソニアは本当に強力なエスパーなのね」

「〝大きな力〟も、そう言っている。早くきて俺に協力しろ、としきりに呼んでいる。あたしの能力が、いますぐ必要だからって」

「ソニアは協力するつもりなの？」

「わかんない」ソニアは目を伏せた。

「〝大きな力〟がやろうとしていることは、人類との存亡を懸けた戦争なの。それがいいことなのか、悪いことなのか、あたしにはまるでわかんない」

なんということだろう。

心の中で、アルフィンはそう思った。自分たちは誘拐されたクリス少年を救出するために シクルナへと赴《おもむ》いた。人類とエスパーの戦争に関わり合うためではない。それなのに、いつの間にかその渦中にいて、のっぴきならない状態にどっぷりとはまりこんでしまっている。

ジョウ。

ふいにジョウのことが思いだされた。涙がアルフィンの目にあふれ、それが幾筋も頬を伝った。ジョウは心配している。きっとあたしのことを必死で探している。アルフィンは何度もハイパーウェーブで呼びかけてみた。しかし、壊れているわけでもないのに、通信機はまったく作動しなかった。

「ジョウ?」ソニアはつぶやくように、ぽつりと言った。

「アルフィンはその人が好きなのね」

「…………」

泣きながら、アルフィンは何度も何度も大きくうなずいた。

〈ミネルバ〉がカインに着陸した。

これまで同様、誰も何も操作しなかった。勝手に高度を下げ、勝手に着陸した。

着陸地点は、カインの昼の側の一角だった。スクリーンに船外の映像を入れて様子をうかがうと、何人もの人間が〈ミネルバ〉を取り巻いているのが見えた。驚いたことに、宇宙服を着た者がひとりもいない。

「へえ」アルフィンの目が丸くなった。

「こんな星にも大気があるんだ」

「空気は希薄で、酸素もほとんどないわ」

ソニアが言った。

「だって、あの人たち……」

「みんな、シールドしているのよ」ソニアはアルフィンをまっすぐに見た。

「いいこと、アルフィン。あなたはあたしがシールドする。思考も何もかも。だから、絶対にぼろをださないで。ずうっとエスパーのような顔をしているの。もしも、あなたがエスパーでないことが知れたら、あなたはかれらに殺される」

「殺される？」

「ここはエスパーの星。エスパー以外は存在できない」

きっぱりと、ソニアは言った。立場が完全に逆転している。いままでは、すっかりおとなびた口調になった八歳のソニアが、アルフィンをリードしている。ソニアの精神的成長がめざましい。能力の成長が、そのまま心の成長につながっているようだ。アルフィンはただ「はい、はい」と従うほかはない。あらゆる意味で、アルフィンはソニアに圧倒されている。

ソニアが思考をキャッチした。外から届いた下船許可だ。通信や、言葉によるやりとりは、いっさいない。

アルフィンとソニアが、〈ミネルバ〉から降りた。むろん、ふたりとも宇宙服は着ない。

ひとりの男が、ガラス状の大地の上で、ふたりを迎えた。男は、子供のように背が低い。肌の色が浅黒く、身長は一メートル以下だ。まるでお伽噺《とぎばなし》にでてくるドワーフである。名は、マルパ。

ソニアとマルパが向かい合って立った。マルパの背は、ソニアのそれよりも拳ひとつぶんくらい低い。

ふたりは、無言で対峙した。言葉は一言も交わさない。エスパー同士の会話に、そういうわずらわしいものは不要だ。

アルフィンの意識に、複数の思考が絡《から》み合って流れこんできた。マルパとソニアのやりとりだ。思考が対話になっている。ソニアが中継しているらしい。にしても、非能力者相手にこんなことができるとは。アルフィンは仰天した。ソニアの高度な力に、あらためて舌を巻いた。

——よくきてくれました、ソニア。

と、マルパが思考で言った。

——あなたが司祭のマルパね。

ソニアが応じた。そして、さらにつづけた。

——大司教？　そうか。まだ上の人がいるんだ。アスタロッチ。いえ、アスタロッチ様ね。そのアスタロッチ様には、すぐに拝謁《はいえつ》できるの？

——聞きしにまさる能力だ。

マルパは驚愕した。その驚きを隠さなかった。

——わたしの思考を、いともたやすく読みとっていく。

——拝謁できるの？

ソニアが鋭く訊いた。マルパが思わずたじろぐほど、強い思考だった。

——あたしは、あたしを呼んだ人に用がある。

——いまはまだ。もうしばらく時間がかかります。

——ふうん。闇の使徒の儀式ってのがあるのね。

——しかも、その中にひとり、敵のスパイが混じっているとの報告を受けています。その弾劾《だんがい》をおこなう時間が必要です。

——いいわ。それなら、あたしたちは、あなたが用意してくれたお部屋で休みながら待っている。

——儀式には、おでにならないのですか？

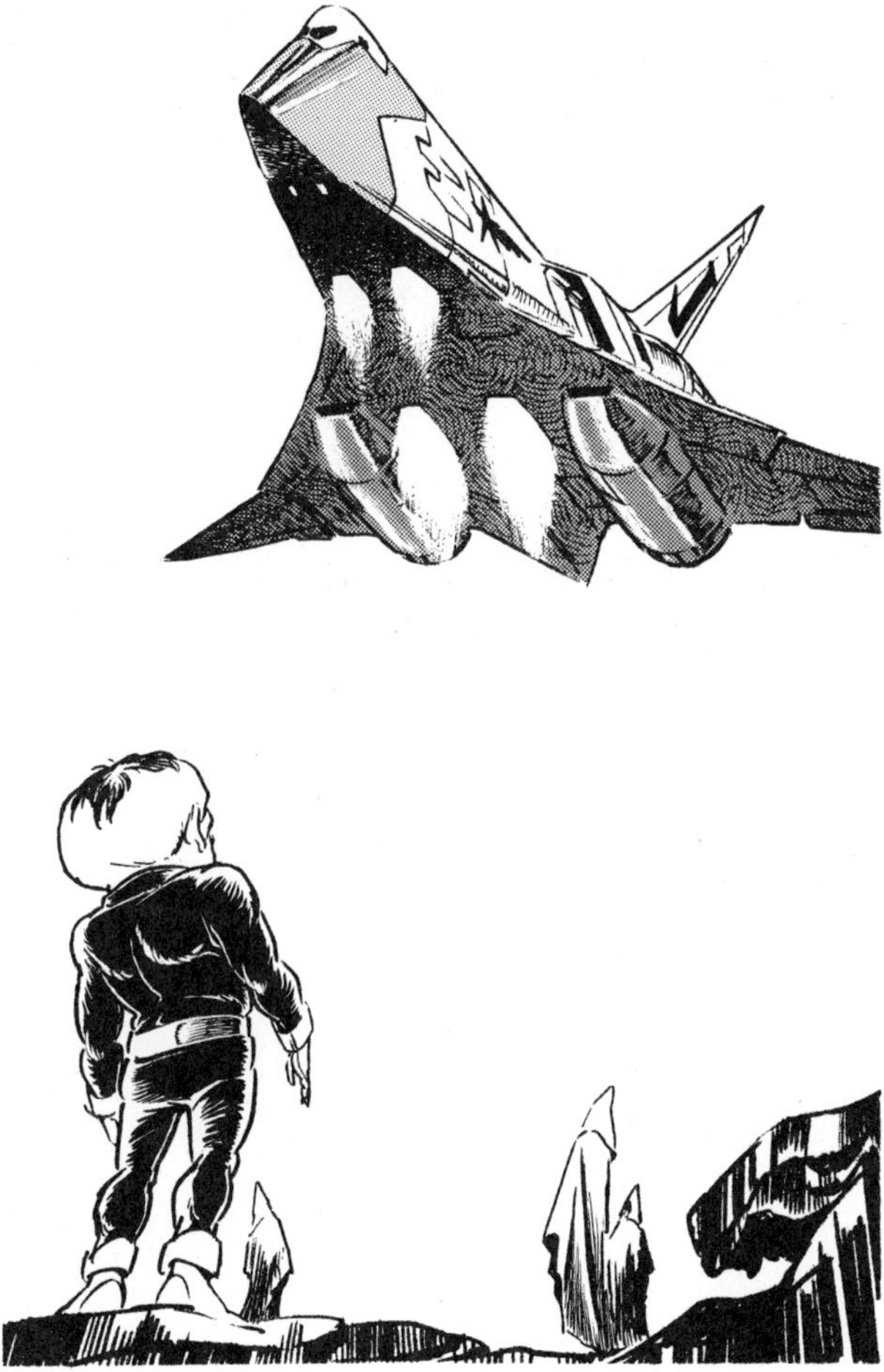

——まやかしに興味を持つ人がいると思う？

——厳しいことを。

マルパは苦笑した。

——ところで、お連れの女性は？

ドワーフの関心がアルフィンに向かった。

——あたしがスカウトしたエスパーよ。名前はアルフィン。まだ幼稚きわまりないけど、磨けば光りそうなので連れてきた。能力者は、ひとりでも多いほうがいいんでしょ。

——あなたのおめがねにかなったエスパーとなれば、アスタロッチ様も大歓迎なさるでしょう。

——だと、いいわね。

思考会話が終わった。マルパはきびすを返した。ソニアの前から離れていく。そのあとを、ソニアが追った。

——アルフィン。こちらにきて。

マルパが停止した。ソニアもその背後で歩を止めた。アルフィンを思考で呼ぶ。アルフィンは、小走りにソニアのもとへと駆け寄った。

——そっちにいると、取り残されちゃうわ。

ソニアが言った。

——え？

——この場所がエレベータになってるの。これから、地下に降りるわ。

——エスパーの居住区って、ここの地下にあるの？

——長いトンネルが何本も掘られていて、そこが居住区画を兼ねているわ。言ってみれば、洞窟惑星って感じ。モグラやアリの生活をしているのよ。

——大司教とか司祭って、なんのこと？

——この組織は、暗黒邪神教と呼ばれる宗教団体になっているわ。

——宗教団体？

——二十六年前に、このカインの大統領だったアスタロッチが結成した地下組織。

ソニアは、マルパの意識から読みとった知識をアルフィンに語った。

——アスタロッチは、人類の神が光の神なら、われわれエスパーの神は闇の神だと主張していた。闇の神とはつまり、悪魔のこと。だから、暗黒邪神教のシンボルは悪魔の紋章になった。

——アスタロッチも、エスパーだったのかしら？

——はっきりしないけど、そうみたいね。かれは、銀河系全域からたくさんのエスパーを集めて闇の使徒と名乗らせ、布教活動をおこなったの。世間に対するエスパーの啓《けい》蒙《もう》運動と言ったら、わかりやすくなるかな。

——むちゃよ。最初から人類の神と対立する悪魔をシンボルにしちゃったら、啓蒙も何もなくなってしまうわ。

——そうなの。それで暗黒邪神教は設立十六年めに崩壊してしまった。あたしの想像だけど、アスタロッチには最初から世間にエスパーのことを啓蒙する意志なんてなかったような気がする。かれの狙いは、きっとべつのところにあったんだわ。

——べつのとこ？

——エスパーに、人類への憎悪を植えつけるという目的。

——まさか。

がくんと地表が揺れた。エレベータが下降を開始した。

5

——間違いないわ。

地下に沈んでいくエレベータの上で、ソニアは思考会話をつづけた。マルパの存在は気にならなかった。このドワーフには自分の思考を傍受できない。それをソニアは確信している。

——アスタロッチは最初から、エスパーによる人類支配を目論《もくろ》んでいたのよ。でなければ、宗教なんて手は使わない。

——暗黒邪神教が崩壊して、アスタロッチはどうなったのかしら？

——死んだわ。

——死んだ？

——カイン全土がブラスターの攻撃で灼き尽くされたとき、一緒に死んだ。そのように記録されているわ。

——教祖が死んだのに、こうやって暗黒邪神教が復活しているの？

——ええ。地獄の底から甦ってきたみたい。

ソニアはゆっくりと周囲を見まわした。エレベータはもう三十メートルほど降下している。

地表の穴は閉じられたらしく、頭上に矩形《くけい》の光がない。

——文字どおり、地下組織となって。

エレベータが停止した。

ふたりは手をつないだ。正面に通路がある。マルパが先に立ち、その奥へと進んだ。ソニアとアルフィンは、少し距離を置き、ドワーフのうしろにつづいた。通路は発光パネルで明るく輝いている。

二十分ほど歩いた。ドアが通路に沿ってずらりと並ぶ場所にでた。マルパはドアのひとつを目で示した。そこに入れというしぐさである。足は止めない。マルパ自身はドアの前を通りすぎ、どこかへ去っていく。

ソニアはマルパが示したドアの正面に立った。ドアが横にスライドした。ふたりは中に入った。

そこは、七メートル四方ほどの小さな部屋だった。小さいといっても、ベッドがふたつあり、テーブル、椅子がきちんとそろっている。化粧室も付属している。何人のエスパーがここに居住しているのかはわからないが、地下の洞窟につくられた部屋としては設備が充実しているといってよかった。

「うれしい！」アルフィンはバンザイして、ベッドに倒れこんだ。

「やっと声がだせる」

シーツの上をごろごろと転がった。

「あたし、テレパスに向いてないわね」

首をめぐらし、ソニアを見た。

「そういう人っているわ」ソニアはいたずらっぽく笑った。

「ところで、おなかすいてない？」

「そういえば」アルフィンは弾かれたように上半身を起こした。

「パザムシティ以来、ずうっと食べそこなっている！」

「でしょ！　だからいま、食事を注文しちゃった」

「え？」

「テレパスって、けっこう便利なのよ」

ドアチャイムが鳴った。あけると、トレイに食事をのせたロボットが立っている。

ソニアは振り返り、アルフィンに向かってウインクをした。

「ね」

食事を終え、ふたりは睡眠をとることにした。長い旅と緊張の連続で、ふたりは精神的にも、肉体的にも、疲れ果てていた。

ベッドにもぐりこんだ。

と、同時に。ことりと寝入っていた。

どのくらい眠ったろうか。

「起きてアルフィン。起きて」

ソニアの呼ぶ声で、アルフィンは目を覚ました。寝ぼけまなこで時刻を確認する。あっという間に、九時間が過ぎていた。

「どうしたの？　ソニア」

もごもごとした口調で、アルフィンは訊いた。ソニアはじれったそうにアルフィンのベッドへとあがりこみ、耳もとに口を寄せて大きく怒鳴った。

「しゃんとして、アルフィン！　あなたのたいせつな人が拷問《ごうもん》にかけられてるわ」

いっぺんに目が覚めた。

「嘘でしょ！」

アルフィンは跳ね起きた。声がうわずっている。血が、すうっと頭から引いてゆく。

ソニアにすがりついた。

「嘘なんでしょ！」

必死のまなざしで、ソニアを見た。

「すごい悲鳴を聞いたの」ソニアは硬い表情で言葉をつづけた。

「魂が爆発したような絶叫。いえ、そんな生やさしいものじゃなかった。もっと恐ろしい叫び声だった」

「それがジョウだったの？」

「ええ」ソニアは、小さくうなずいた。

「あなたの下意識にあるジョウのサイコ・パターンと、その悲鳴のそれが、とっても似ていたの。それで、詳しく調べ直してみたら……」

「合致したのね」

「完璧に」

「嘘よ！」とつぜんアルフィンは激しく手足をばたつかせ、叫んだ。

「嘘に決まってる。ジョウがカインにいるわけない。ジョウはシクルナにいる！」

「落ち着いて！　アルフィン」ソニアはあくまでも冷静だった。

「さっきマルパが言ってたでしょ。スパイがひとり混じってるって。それが、ジョウだったの」

「ジョウがカインにいる。でも、どうして？」

「それは、わからない」ソニアはかぶりを振った。

「ジョウの意識が混濁していて、その思考を読みとることができないの。でも、あなたを追って、ここにきた可能性があるわ。あるいは、べつのルートでカインのことを知ってしまったのか」

「ジョウがきている」

アルフィンはうつろにつぶやいた。つぶやいてから、いきなりはっとなった。

「悲鳴をあげているって言ったわね」

「拷問を受けてるわ。ひどい怪我を負っている。からだも心もぼろぼろって感じ」

「助けにいかなきゃ」アルフィンは、ベッドの上で何かを探し求めるかのようにそわそわと動きまわった。

「助けにいかなきゃ。ジョウが。〈ミネルバ〉に。ああ、あたし、何言ってるの？　どうしよう？　いいえ、違うわ。なんとかするの。ああ、あたし、何していいかわかんない。

「ソニア、ソニア！」

アルフィンは混乱し、ソニアに抱きついて、泣き崩れた。何かをしたい。だが、何をすればいいのか、考えることができない。気持ちがあせっている。思考がばらばらで、まったくまとまらない。

「どうするの？　どうしたらいい？　ソニア」

涙が流れる。頰を滂沱《ぼうだ》と伝う。

「あたしが手伝うわ」ソニアは強い口調で言った。

「アルフィンが悲しむのを、あたしは見たくない」

「でも」アルフィンはおもてをあげた。

「ジョウは暗黒邪神教の敵と見なされている。あなた、エスパー仲間の裏切者になってしまう」

「裏切りならもう十分にやってるわ」ソニアは微笑んだ。

「将来性のあるエスパーだと言って、あなたを勝手にここへ連れてきちゃったでしょ。それに、あたしは戦争をはじめようとしている同胞よりも、アルフィン、あなたを仲間として選ぶ」

「ソニア」

「そうと決まったら、ぐずぐずなんてしてられない」ソニアは勢いよく立ちあがり、アルフィンのベッドから飛び降りた。

「ジョウの意識は、苦痛と疲労で崩壊寸前に陥っている。必死で耐えているけど、もう限界。このままだと、死なないまでも発狂するのは時間の問題だわ」

「どうするの？」

「ここにいては何もできない。アルフィン、あなたの服は武器になっているんでしょ？」

「ええ。それに防弾耐熱仕様よ」

「いいわ。だったら、直接行って助けましょう」

「場所はわかるの？」

アルフィンもベッドを降りた。

「意識がある限り、大丈夫」ソニアはうなずいた。

「混濁していても、反応さえ残っていればトレースできる。そんなに遠くないわ」

「テレポートは？」

「残念だけど、あたしにはできない」首を横に振り、ソニアはドアをあけた。

「いまのあたしに使えるのは、テレパシーとテレキネシス、それにクレアボワイヤンスの三つだけ。それ以外の能力は持っていないか、まだ発現していない」

「シールドは、どういう能力なの？」

「あれはテレキネシスの応用。テレキネシスはいろいろなかたちで使えるから助かるわ。これについては〝大きな力〟に感謝しなくちゃね」

ふたりは通路にでた。人の気配はまったくない。ふたりは堂々と通路の真ん中に立った。

「こんなに大胆にしてていいの？」

アルフィンが訊いた。

「平気」ソニアはあっさりと答えた。「誰かくれば、テレパシーでわかるでしょ」

たしかに、そのとおりだった。

ふたりは小走りで通路を進んだ。

暗黒邪神教は、カインに無数の洞窟を掘っていた。それはそこかしこでつながり、複雑に絡み合って、あたかも迷路のような様相を呈している。しかし、主要な洞窟のみに絞れば、その数は十八本しかない。あとはみな、メインの洞窟から派生した枝洞窟ばかりである。

もっとも、主要な洞窟といっても、一本を除けば、全長はどれもが数百キロのオーダーだ。長いものでも千数百キロあまり。その程度では、長大な洞窟といえども、厚さ五百キロに及ぶカインの地殻のごく表面を走っているということにしかならない。

が、残る一本の洞窟が曲者《くせもの》だった。

その全長は実に一万キロメートル。ほぼ、カインの直径に匹敵する長さだ。洞窟の一方の端はカインの北極付近の地表に大きく口をあけ、もう一方は地殻の中をうねうねと伸びて赤道近くの地表へと向かっている。だが、その一方の口が地上に通じているかどうかは、ソニアにもわからなかった。あまりにも長くて、探知不能になっている。しかも、そこには強力なシールドが張られていた。いかにソニアのクレアボワイヤンスといえども、そのシールドを破ることはできない。

「この洞窟、へん」

アルフィンに向かい、ソニアはそう言った。

たしかに、その洞窟は奇妙な存在だった。カインに掘られているすべての洞窟は、その全長一万キロの洞窟につながっている。十七本の大洞窟も、この一本からみれば、ささやかな枝洞窟でしかない。そして、それらの洞窟は、通路の形などに整備され、なんらかの用途に供されている。にもかかわらず、幹となっている巨大洞窟は、がらんとしたただの穴だった。なんの役にも立っていない。通路でもなければ、居住用でもない。むろん、機械設備用としても、使われていない。掘りぬいただけの、ひたすらにだらだらと長い、ふつうの洞窟であった。

ジョウは、その謎だらけの洞窟から枝分かれした細い洞窟のひとつにいた。シールドが施されている位置にかなり近い。

アルフィンとソニアは、二時間以上かけて、そこにたどりついた。

6

ジョウは夢を見ていた。

いや、厳密にいえば、それは夢ではなかった。なぜなら、ジョウは眠ってなどいなかったから。

それは、一種の幻覚だった。つくりだしたのは、朦朧《もうろう》となったジョウの意識である。耐えがたい苦痛が麻痺状態に陥り、それが逆に不可思議な快楽となって、ジョウの精神を包んだ。そして、ジョウは夢の世界へと沈んだ。

ジョウは、十歳の少年になっていた。

まわりは、どこまでもつづく緑の草原だ。空はさわやかに晴れあがり、むくむくした白い体毛に全身を覆われたガウチが静かに草を食《は》んでいる。

それは、アラミスののどかな田園風景だった。

惑星アラミス。ジョウの故郷である。

ジョウは草原の中を全力で駆けている。脇目も振らず、一心に走る。どこへ行くというわけではない。ジョウは緑の草原を限りなく、ただひたすらに駆けつづけたかった。

アラミスはおおいぬ座宙域にあるクラッシャーの星だ。住んでいるのは、引退したクラッシャーと、その家族だけ。

現役を退いたクラッシャーはほとんどがアラミスに帰り、農業に身を投じる。何十年にも渡って星から星へと飛びまわり、宇宙を棲家《すみか》にしていた者が、せめて余生だけは土とともに過ごしたいと願う心情の発露なのだろうか。

アラミスは、豊かで安定した、のどかな農耕惑星であった。

ジョウはガウチを追っていた。

ガウチは体長一メートルにも満たない、食肉用の小型家畜である。性質は温和で、どちらかというと臆病だ。ジョウはその首根っこを押さえてやろうと、ガウチに向かって飛びかかった。

と。

いきなり、ガウチの姿が変貌した。鋭い三本の角が額に生え、全身が真っ黒に染まった。からだが急速に大きくなる。ナーガだ。獰猛《どうもう》な野生の肉食獣である。ナーガは体当たりで、ジョウを宙空に跳ね飛ばした。ジョウは放物線を描いて落下する。その下にナーガの鋭い角があった。ジョウの脇腹に激痛が走った。

「休むんじゃねえ。この野郎！」

クラップの怒鳴り声が強く耳朶《じだ》を打った。

ジョウの意識が、現実に戻った。

鞭で打たれた脇腹が、脈打つように痛む。そこに、またあらたな鞭の一撃が飛んできた。鞭の殴打は、二打、三打とつづいた。

「働け。穴を掘れ。さぼるな！」

クラップが吼《ほ》える。

ジョウの腕がのろのろと動いた。トゲは完全に手の甲まで突き抜けている。これならば、握力を失っていても、ツルハシの柄が手から落ちることはない。

ジョウはうつろなまなざしで、のったりと動く自分の腕を見ていた。腕は自分のものであって、いまは自分のものではない。肉体とつながっている感覚が完全に失せ、何かべつの生物がツルハシを持って蠢《うごめ》いているとしか思えない。それほど、神経はひどく麻痺している。

あれから二度、ジョウはよろめいて地面に膝をついた。そのつど、肉がえぐられ、骨を削られた。いまはかろうじて立っているが、歩けるかどうかはわからない。おそらく、治療を受けなければ足を前に運ぶことはできないだろう。歩けたとしたら、それは奇跡だ。が、奇跡はいともあっさりと起こった。クラップが鞭を揮《ふる》い、こう叫んだ。

「歩け。同じ場所ばかり掘るんじゃねえ！」

わずかに三歩だったが、ジョウは歩いた。五十センチほど、場所を移した。

ソニアはテレパシーで感じとったジョウの様子を、ありのままアルフィンに伝えた。

アルフィンは茫然として顔色を失った。我を忘れ、ジョウの前に飛びだそうとした。

それをソニアは必死で押し留めた。

——無茶はやめるのよ、アルフィン！

声なき声で、ソニアがアルフィンをたしなめる。

ふたりは、洞窟の端にひそんでいた。掘られたばかりなのだろう。岩盤が剝きだしになったトンネルだ。その口が、ジョウのいる工事現場に向かって小さくひらいている。

「ジョウ！」

アルフィンは半狂乱になっていた。いま、自分がどこにいるのかも、忘れている。声を殺そうともしない。やむなく、ソニアはテレキネシスでアルフィンを金縛りにした。

——あせらず、チャンスを待つのよ。

ソニアは言う。

——ジョウは強い。まだ死ぬことはないし、発狂もしない。

「…………」

身動きかなわなくなったアルフィンは、碧《あお》い大きな瞳から、涙だけをぽろぽろとこぼした。

　十数分の時が流れた。

　チャンスがやってきた。

　とつぜんだった。テレパシーで、警報が発せられた。

　──緊急事態発生！

　思考が響く。

　──かねてよりカインを包囲していた対エスパー同盟が戦闘行動を開始した。総員、所定の配置について攻撃に備えよ。サイコ・フォース・デストロイヤーの要員はビドロフェミタノールを服用し、瞑想状態に入れ。繰り返す……。

　あわただしく人が動きはじめた。一分と経たないうちに、工事現場はがら空きになった。残っているのは、囚人とふたりの見張り要員だけだ。

　──お願い。動けるようにして。

　アルフィンはソニアに金縛りを解くよう、嘆願の思考を送った。いまなら、ジョウを救出できそうだ。見張りふたりだけなら、なんとか片づけられる気がする。

　──待って！

　しかし、ソニアはそれを制した。

　──もっといい方法があるわ。

ソニアは言った。

――サイコ・フォース・デストロイヤーを使うまで待つの。そのときこそ最大のチャンスになる。

〈ドラクーン〉がワープアウトしてから、七時間が経過した。

狭い、通信装置ひとつない予備船室に押しこめられたタロスとリッキーは、ただひたすらじっとして、バードが何か言ってくるのを待っていた。

百五十メートル級の貨物船に、余剰人員を搭乗させるスペースはほとんどない。タロスの相談を受けたバードは、船外作業具の倉庫として使っていた予備船室から、中に置かれていた装置を船外に放りだし、かろうじてふたりぶんの場所をつくった。そのいきさつを知っているふたりには、文句を言うことができない。乗せてもらえただけでも感謝すべきことである。

さらに一時間が過ぎた。

ドアがノックされ、ひらいた。

バードがうっそりと、浅黒い顔を突きだした。

「すまんな、タロス」開口一番、謝った。

「こんなとこに入れちまって」

「気にするな、こっちから望んだことだ」

「しばらくの間、操船がひまになる。よかったら、顔をださないか?」

「そいつは助かる」タロスは素直に喜んだ。

「実を言うと、ここにはあきあきしてたんだ」

「そうだろう」

バードはにやりと笑った。

タロスとリッキーはバードに案内され、〈ドラクーン〉のブリッジに入った。

垂直型の宇宙船なので、ブリッジの床は直径四メートルの円形になっている。壁の一方に面してシートが三脚。シート正面の壁はスクリーンとコンソールパネルを兼ねている。

「左が船長兼パイロット、真ん中が機関士、左側が航法士の席だ」

バードが説明した。機関士と航法士の席には、雰囲気のよく似た、目つきの鋭い男が着いている。

シートと反対側の一角は床が丸く切られていた。そこに軽合金製の梯子《ラダー》がはめこまれている。船体の頭頂部、ブリッジ近辺は直径が小さくなっているため、エレベータを通すことができない。かわりに、この梯子を登る。〇・二Gしかないから、登るのは楽だ。

バード、タロス、リッキーの三人は、このラダーを伝い、ブリッジにやってきた。

バードはすぐに船長席に行き、そこに腰を置いた。

眼前に据えつけられたメインスクリーンに、惑星の映像が入っている。カインだ。もう、かなり大きい。表面が不気味に黒光りし、不吉な雰囲気が色濃く漂っている。

「あと三時間で、カインの衛星軌道にのる」バードが言った。

「四時間後には着陸しているはずだ」

「こんなことを訊ける立場じゃねえのだが」バードの背後に立ち、タロスは遠慮がちに切りだした。

「カインには十年前から人っ子ひとりいない。それなのに、おまえたちはカインまで貨物を運んでいる。理由はなんだ？　カインに誰か移民してきた連中でもいるのか？」

「真正面からそう訊かれたのでは、俺も訊き返したくなる」バードは振り向こうともせず、言った。

「おまえは、なんの用があってカインに行く？」

「…………」

タロスは返答に窮した。その質問に答えるには、クリス捜索の件を話さなければならない。

「元クラッシャーのおまえにならわかってもらえるだろう」しばし、間を置いてタロスは言った。

「それを話すのは契約違反になる」

「そうか」バードはひょいと肩をすくめた。

「俺もそうだ。荷主のことを話すと、契約違反に問われれちまうんだ」

数十秒ほど、ふたりは黙した。それから、大きく声をあげて笑った。その笑い声を、航法士の鋭い呼びかけがさえぎった。

「キャップ！」航法士が言う。声が緊張している。

「3E431に宇宙船です。機数は八。かなりの加速で急速接近中」

「9B119に転針！」バードは叫んだ。

「戦闘態勢に入る」

「なにい？」タロスの目が丸くなった。

「戦闘態勢だと？」

〈ドラクーン〉は貨物船である。バトルシップではない。貨物船が、接近してくる宇宙船を発見したとたんに戦闘態勢をとるなどという話は、あとにも先にも耳にしたことがない。

「これを使って、からだをラダーに固定しな」

タロスの疑問にはまったく答えず、バードは革のベルトを無造作に投げてよこした。

タロスは、それを反射的に受け取った。

「二十センチブラスター、スタンバイ完了」

　機関士が報告した。

「二十センチブラスター？」

　タロスは口がぽかんとひらきっぱなしになった。百五十メートル級宇宙船の武装といえば、あっても、せいぜい低出力のレーザーである。貨物船なら、それすらない。二十センチブラスターなどというのは、連合宇宙軍の駆逐艦あたりが搭載《とうさい》するスーパー兵器だ。

「なんなんだ。この船は？」

　つぶやくように、タロスは言った。むろん、返事はない。船員たちが、タロスとリッキーを故意に無視している。

　航法士が言った。

「宇宙船は八十メートル級。戦闘宇宙艇のクラスです。百四十秒後に、射程内に進入します」

「いいタイミングだ」バードが言った。

「敵はこちらをただの貨物船とみて油断している。初弾を必中させろ。その利を最大に生かす。それで出端《でばな》をくじき、ヒットアンドアウェイで敵編隊を攪乱《かくらん》して、カインに逃げこむ」

「了解」航法士が応じた。

「照準セットに入ります」

サイトスクリーンに映像が入った。戦闘宇宙艇の機影を捕捉した。

第四章 超絶兵器

1

メインスクリーンにも戦闘宇宙艇の映像が入った。八機のうち、二機が映っている。どうやら戦闘宇宙艇の編隊は、二機ずつ、四方向に散開したらしい。

だめだ。この勝負は勝てない。

と、タロスは思った。強力な二十センチブラスターを装備していても、八十メートルクラスの小型宇宙船八機が相手では、その効果があまり期待できない。もちろん、初弾の照準さえ完璧ならば、一、二機は確実に屠《ほふ》ることができる。しかし、敵はほぼ間違いなく、その間に〈ドラクーン〉の懐《ふところ》深く飛びこんでくるだろう。そうなったら、結果は明らかだ。〈ドラクーン〉はビーム砲にメインエンジンを切り裂かれ、運がよければ機関停止、悪いときには大爆発ということになる。バードはヒットアンドアウェイを指示した。が、これをやるのは〈ドラクーン〉ではない。敵の戦闘宇宙艇だ。向こうのほうが、はるかに動きが軽い。この空戦、どの程度の損傷を負った時点でバードが降伏するか。それが運命の岐路になると、タロスは確信していた。

「コンタクトまで二十秒。照準、変化なし」

航法士がカウントを開始した。

なんだって？

タロスはまたも、ひどく驚いた。こんなときに、のんびりとカウントをしている。これはクラッシャーのやり方ではない。船長が元クラッシャーなら、この船も当然、クラッシャーのやり方を踏襲しているはず。タロスは、そう思いこんでいた。航行中の船において、船長の権限は絶大である。運輸業界には運輸業界の慣習があったとしても、船長は自分のやりたいように船内規則を定めることができる。バードは筋金入りのクラッシャーだった。全身にクラッシャー生活が染《し》みついている。そういう男が、こんなふうにやり方を変えるわけがない。第一、このいかにも形式的なカウントはなんだ。クラッシャーどころか、一般の民間人でも、こんなマネはしない。タロスの知る限り、こんな仰々しいカウントをする組織はただひとつきりだ。連合宇宙軍である。

「……三、二、一、ゼロ」

「発射！」

カウントに合わせ、バードが命令を発した。スクリーンが白く光った。

「ヒット」

機関士がつぶやいた。スクリーンに映っていた二機の戦闘宇宙艇が、火球となって宇宙に消えた。

「2B338に転針」バードはにこりともせず、あらたな命令を放つ。

「二機程度で安心するな」

船体側面ノズルを全開で噴射した。〈ドラクーン〉が横滑りするように針路を変える。二機があらたにメインスクリーンの中に入ってきた。攻撃を仕掛けてこない。おそらく搭載しているビーム砲の射程内に、まだ〈ドラクーン〉が進入していないのだろう。バードの操船が的確だ。相手との距離を巧みに保っている。〈ドラクーン〉の動きに、無駄がない。

「うめえ」

思わず、タロスは賞賛の言葉を漏《も》らした。その横で、リッキーが目を丸くした。いかなるときであれ、タロスが口にだして他人の操船を褒《ほ》めるのを見るのは、これがはじめてだ。

「お世辞だよ。お世辞」

リッキーの視線に気がつき、タロスはきまり悪そうに弁解をした。

また二機が吹き飛び、四散した。

これで、敵戦闘宇宙艇は、残り四機だ。半数を片づけた。〈ドラクーン〉は再度、転針をおこなう。

そこへ。

突きあげるような揺れがきた。つづいて、二撃めも。スクリーンの中を一瞬、機影が駆けぬけた。戦闘宇宙艇だ。相対距離が予想よりも近い。〈ドラクーン〉の船腹をビーム砲がかすめ、灼いた。

これまでか。

タロスは唇を噛んだ。強力な火器を持ち、操船がうまい。だが、それだけでは空戦には勝てない。いくつか意外な展開はあったが、タロスはこの八対一の戦いが無謀なものであることを最初から見抜いていた。いくら優秀な操船技術を有していても、勝負に負けたら、船乗りはそれでおしまいだ。勝てないことがわかっている戦闘を回避できない人間は、それだけで艦長失格といっていい。

〈ドラクーン〉はさらに三度、ブラスターを発射した。が、どれも敵に当たらない。ぎりぎりのところでかわされる。バードは何度もヒットアンドアウェイを繰り返した。しかし、運動性に劣る〈ドラクーン〉では、戦闘宇宙艇に追いつき、照準をロックすることができない。

「くっそぉ。ちょこまかしやがって」

バードはコンソールパネルを拳で殴った。ビーム砲がつぎつぎと〈ドラクーン〉に命中する。揺れがひどい。間断なくつづく。戦闘宇宙艇は、加速性能にすぐれていた。これはタロスの予想値よりも速かった。これでは、どうあがいても、機体の照準内捕捉は不可能だ。

「キャップ、だめです」機関士が呻くように言った。

「機関部を射抜かれました。出力が一気に低下しています。補助を投入しても抑えきれません。このままでは、まもなく機関停止に至ります。加速の下方制御が必要です」

「…………」

バードはレーダースクリーンに映る戦闘宇宙艇の光点をじっと見つめていた。

敵機の航跡は、右へ左へと目まぐるしく移っている。それに対して〈ドラクーン〉のほうは、もうほとんど慣性航行に近い状況だ。ここにきて、バードにも勝負の先がはっきりと見えてきた。

「航法士」バードは静かに言った。

「降伏信号を送れ」

そして、首をめぐらし、タロスを振り返った。

「見てのとおりだ」小さく肩をそびやかす。

「俺はやっぱり艦長の器じゃない。根っからの機関士だな」

にっと笑った。

それほどでもないぜ。

タロスは心の中で言った。口にはださなかった。言葉による慰《なぐさ》めが、ときとして相手をさらに傷つけることがある。それをタロスはよく知っている。それがゆえに、タロスは黙することを選んだ。


通信が返ってきた。降伏信号に対する応答だ。

「8A773に針路をとれ、と言ってます」

「できるか？」

バードは機関士に訊いた。

「姿勢制御ノズルを使って向きを変え、あとは慣性航行で行くならば」

「いいだろう」バードはうなずいた。

「その旨《むね》を通知し、勧告に従うと答えろ」

戦闘宇宙艇から、了解の一語がすぐに戻ってきた。

〈ドラクーン〉は8A773に針路をとり、慣性航行に入った。

「さてと」バードは、タロスに向き直った。

「革ベルトを外していいぞ。もう無理な加速も、そうでない加速もできなくなった」

タロスとリッキーは、ラダーから離れた。

「この船、貨物船じゃないな」

タロスが言った。胡散臭《うさんくさ》そうに、鋭いまなざしでバードを睨《ね》めまわした。

「訊きたいことが、山のようにあるって顔だ」

バードが言った。

「ある」

吼えるように、タロスは応じた。

「どこから話そう」

バードは目を伏せ、唇をなめた。何度もなめた。逡巡《しゅんじゅん》している。よほど重大な秘密を隠し持っているようだ。

やがて。

バードはおもてをあげた。

「おまえたちの知らないところで」ぼそぼそと口をひらいた。

「とんでもない戦争がはじまろうとしている」

「戦争？」

タロスの右まぶたがぴくりと跳ねた。

「おまえら、クリスの両親にガキの捜索を頼まれたんだろ」

ふいにバードはそうつづけた。タロスとリッキーは仰天した。肝をつぶさんばかりの驚愕だ。とぼけようにも、とぼけられない。

「やっぱり、そうか」バードは腕を組み、あごを引いた。

「おまえたち、どうしてカインに目をつけた？」

低い声で訊いた。

「…………」

タロスとリッキーは互いに顔を見合わせた。どうするか？　どうしようもない。こうなったら、誰に何を話しても同じである。契約違反もへったくれもない。

タロスは語った。代理人のエイムズによる仕事依頼から、マナール宇宙港にバードを訪ねるまでの経過といきさつをすべてバードに明かした。

「ふむ」話を聞き終えたバードは、小さく鼻を鳴らした。

「〈ミネルバ〉の失踪が〈スピカ〉事件のそれと酷似しているのが気にかかる。おまけに片やクリスという少年、片や正体不明の少女ときた。なぜ、暗黒邪神教に子供が絡むんだ？」

「俺が先にネタ明かししたからというわけではないが」タロスが言った。

「俺のほうにも訊きたいことがある。バード、おまえ、いつから連合宇宙軍の世話になってる？」

「ほお」バードは驚いたような表情《かお》になった。

「どうして、わかった？」

「ブラスターのカウントだ」コンソールを示し、タロスはあごをしゃくった。

「それに船の装備。この事件に関して知識がありすぎるというのも、ヒントになった。

そのあたりをあれこれ組み合わせると、でてくる結論はひとつしかない」

「なるほど」バードは両手を左右に広げた。

「タロス相手に隠し事はできないってことか」

「それはお互いさまだな」

「違いねえ」

ふたりは声をあげて笑った。

「で、どうしてこの事件に首を突っこんだ？」

タロスはあらためて訊いた。

「ご推察のとおり、いまの俺は連合宇宙軍の士官だ」バードは言った。

「連合宇宙軍情報部二課に所属していて、階級は中佐」

「キャップ！」機関士が顔色を変え、バードとタロスの会話に割りこんだ。

「それは服務規定に反します」

「だまってろ」バードは強い口調でそれを制した。

「そんなことはわかっている。服務規定違反を承知の上で話をすることにしたんだ。事ここに至って、角突き合わせていても利はない。それよりも、相手は凄腕《すごうで》のクラッシャーだ。手を結び、互いに協力して行動したほうが任務は遂行しやすくなる。規定を多少破ることがあっても、任務遂行のためには、よりベターな手段を用いるのが、俺たちのやり方だ。違うか？　ここは、黙って俺に従え。ベルガン」

「わかりました。キャップ」

ベルガンは敬礼し、すぐに引きさがった。

「びっくりしたぜ」

苦笑いを浮かべ、タロスが言った。

2

「宇宙軍っていうやつは、上官の命令が第一だ」ブリッジ全体を眺めまわしながら、タロスは言を継いだ。

「なのに、おまえときたら、部下に口をはさむのを許し、その上、ご丁寧《ていねい》なことに詳細な説明までくれてやっている。ここだけは、まるでクラッシャーだ。連合宇宙軍じゃねえ」

「そう思うか？」バードはぽりぽりと頭を掻いた。

「こういったことになると、むかしのくせからなかなか抜けられない」

「だろうな」

タロスはうなずいた。

「しかしまあ、そんなことはどうでもいい」バードはゆるんだ表情を引き締め直した。

「それよりも話が先だ。どこまで話したっけ？」

「階級が中佐ってとこまでだよ」

リッキーが言った。

「おお、そうだ」バードはぽんと手を打った。

「タロス。おまえなら知っているだろう。情報部二課は公安事件を担当する、いわばスパイ活動の専門家集団だ。子供の誘拐事件に顔をだすいわれはない」

「…………」

「ところが、一週間前のことだ。俺はとつぜん、上司の呼びだしを受けた。〈スピカ〉事件の捜査に加われ。行くと、唐突にそう命じられた。おかしな話だぜ。だが、事情を聞いてみたら、それなりの理由がたしかにあった」

そこで、バードはタロスを指差した。

「おまえ、宇宙軍の捜査は二か月かけても、何ひとつ成果をあげていないって弁護士に言われなかったか？」

「ああ。手懸りのかけらすらつかんでいないと聞かされた」

「それは、事実が伏せられていたからだ。実際には宇宙軍はとんでもない情報を入手していた」

「ほお」

「暗黒邪神教という宗教団体を知っているか？」

「いや」タロスは首を横に振った。

「カルト教団っぽいな」

「似たようなものだ」バードは言った。

「地下組織の宗教団体で、銀河連合の特殊法人リストでは未登録になっている。しかし、非合法なものではない。公安もマークはしていなかった」

「〈スピカ〉事件は、そいつらの仕事ってことか？」

「絶対にそうだ、とはまだ言いきれない」バードはいま一度、腕を組んだ。

「しかし、なんらかの形で事件に関与していることは間違いない。俺の調査でも九分九厘、暗黒邪神教はクロとでている」

「カインの線は、どこからでてきた？」

「いろいろあるが、暗黒邪神教の経歴を洗ったときにはっきりしたらしい。暗黒邪神教の創立者が、あのアスタロッチとわかったんだ。それで、ぴんときた」

「アスタロッチ」タロスは頭上を振り仰ぎ、少し考えこんだ。

「カインの大統領がそんな名前だったような気がする」

「気がするんじゃねえ。間違いなくカインの大統領だ」バードは言った。

「優秀な科学者にして、有能な政治家。そう讃えられていたカインの初代大統領、その人さ」

「そんなの初耳だ」

タロスは信じられないという顔をつくった。カインの大統領だったアスタロッチの名は、銀河系に鳴り響いている。その不幸な最期も、よく知られている。だが、かれがカルト教団に関わっていたという情報が流れたことは、かつて一度もない。

「暗黒邪神教は、カインが滅亡したときにアスタロッチを失って以来、一年ほど前まで、完全に活動を停止していた」バードはタロスのとまどいを気にせず、先をつづけた。

「それが、どうだ。いつの間にか息を吹き返し、〈スピカ〉事件の前後にはシクルナの各地でなにやらごそごそ蠢《うごめ》きはじめた」

「何してたんだい？」

リッキーが訊いた。

「これだよ」バードは親指を立てて拳を握り、その親指で自分の足もとを指し示した。

「もぐりの運送屋をチャーターして、カインに人間やら機材やらをごっそりと送りはじめた」

「読めてきたぞ」タロスの頬がぴくりと動いた。

「それで、おまえが貨物船の船長になったってわけか」

「バンゴラからきた密輸の専門家だという触れこみでパザムシティの酒場をまわって歩いていたら、三日で照会がきた。いま、〈ドラクーン〉に積んであるのが、そのときに依頼されたブツだ。そこで、俺は……」

「ちょっと待て」タロスがバードの話をさえぎった。

「てえことは、おまえ、暗黒邪神教にもぐりこんだ連合宇宙軍のスパイだったのか?」

「そうだ」

バードは強くあごを引いた。

「じゃあ、パザムシティでおまえと喧嘩していたやつらは、誰だ? 俺はてっきり、調査にやってきたおまえを襲った、暗黒邪神教の連中だとばかり思っていた」

「悪くない想像だが、惜しい。違っている」バードはかぶりを振った。

「あいつらは、対エスパー同盟の隊員だ」

「対エスパー同盟?」タロスは頓狂な声をあげた。

「なんだ。そりゃ？」

「その名のとおりさ。エスパーを探しだし、これを撲滅《ぼくめつ》する。そんなことをずうっとやっている非合法組織だ」

「えらく物騒な組織だな」タロスは顔をしかめた。

「だが、それがどうして、パザムシティにあらわれた？」

「暗黒邪神教がエスパーの集団だからだよ」

バードはあっさりと言った。

「なにい？」

タロスの口がぽかんとひらいた。

「表向きは宗教団体を装っているが、暗黒邪神教の正体は銀河系全域から集まったエスパーの集団だ」バードは言を継いだ。

「超能力者でないと、暗黒邪神教には入信できない」

「まいったな」

タロスとリッキーは互いに顔を見合わせた。エスパーが存在するというだけでも驚きだが、それが組織化されて宗教団体を構成しているという。とても鵜呑《うの》みにできる話ではない。

「宇宙軍が暗黒邪神教に目をつけたもともとのきっかけは、対エスパー同盟の動きだった」バードは言う。

「ひと月ほど前のことだったかな。やつらは、カインの衛星軌道にいきなり宇宙ステーションを送りこんだ」

「…………」

「知っているとは思うが、滅亡してから、カインを通る航路はすべて廃止された。そのため、本来なら、そんなことがあっても誰も気がつかないところだが、ここにある偶然が起きた。そう。たとえば、そこに一隻の海賊船が逃げこんだと考えてくれ。当然、そのあとを追う連合宇宙軍の艦艇がいる。そいつが、たまたま見ちまったんだ。正体不明の宇宙ステーションからわらわらとでてきた戦闘宇宙艇に海賊船が仕留められちまうところを。——あとはいもづる式だ。その一件の報告があってから数時間後には、これが暗黒邪神教から〈スピカ〉事件につながっていき、俺が呼びだされるはめに陥った」

「対エスパー同盟は、何をしようとしている？」

タロスが訊いた。

「そいつはもう前に言ったぜ」バードは覗きこむようにタロスの顔を見た。

「エスパー根絶を旗印にする組織が、エスパー集団の本拠地を山のような宇宙機で包囲したんだ。やることはひとつっきゃない」

「戦争か？」

「そうだ」

バードは断言した。

「…………」

会話が途切れた。タロスもリッキーも、それに対する言葉がでてこない。ブリッジが、瞬時、しんと静まりかえった。

と、そのときだった。

「キャップ！」静寂を待っていたかのように、航法士がバードを呼んだ。

「本船の針路上に、宇宙機とおぼしき大型の物体が存在します」

「全容を視認できるか？」

バードは背後を振り返った。

「可能です。カメラの視野内に入っています」

「映せ」

メインスクリーンの映像が命令と同時に切り換わった。宇宙空間の映像だ。画面中央に、円筒形をした何かがぽつんと浮いている。かなり小さい。まだ相当に距離があるようだ。大きさが判然としないため、スクリーン端に映しだされたスケールで、その〝何か〟のサイズを推測した。

全長、約三千メートル。

「でけえ」

タロスがつぶやいた。

「なんだよ。あれ」

リッキーも凝然としている。

「噂のあぶないやつさ」あごをしゃくり、バードが言った。

「対エスパー同盟の宇宙ステーションだ」

いま、〈ドラクーン〉はその宇宙ステーションに向かい、慣性航行で接近しつつある。

戦闘宇宙艇によって、そのように誘導された。スクリーンの中で、円筒形の輪郭が見る間に大きくなっていく。

「ひとつ訊き忘れていた」宇宙ステーションを見据えていたタロスが、ふっと言った。

「犯人が暗黒邪神教だとしよう。では、なぜそいつらはクリスをさらったんだ?」

「そいつは、まだわかっていない」バードが答えた。

「だが、想像はできる。暗黒邪神教は、仮の姿とはいえ宗教団体だ。そして、その信仰対象は邪神、つまり悪魔ということになっている。悪魔を信仰する組織の儀式は、そのすべてが黒魔術的な様相を帯びるという。……タロス」

バードは首をめぐらし、タロスに視線を移した。

「黒魔術の儀式に、何が必要か知っているか?」

「ああ」タロスは目をスクリーンからそらさず、口をひらいた。

「知っている」

ふだんでも青白い顔をさらに蒼くし、硬い声で、タロスはうなるようにつづけた。

「とびきり美しい、少年か少女の生贄《いけにえ》だ」

3

〈ドラクーン〉がゆっくりと、巨大な宇宙ステーションに呑みこまれていく。

円筒形のステーションの一端に宇宙船用の大型ドックがあった。見たところ、五百メートル級の戦闘艦でも楽に収容できそうな巨大さである。

ハッチをくぐり、ステーションの内部に〈ドラクーン〉が進入した。ドックに空気が満たされる。と同時に、通信が入った。

「乗員は十五分以内に、ひとり残らず宇宙服を着て船外にでろ。ドック正面に赤い扉がある。でたら、その前に進め。十五分後に、その船の中にVQガスを注入する。死にたくないやつは、すみやかにこの命令に従え」

スクリーンに映った男が強い口調で、そう言った。言い終えると、すぐに通信を切った。

「…………」

ブリッジが沈黙に包まれた。タロスもバードも、言葉を発しない。

VQガスは腐食性の猛毒ガスだ。KZ合金など、一部の合金を除く、すべての金属とプラスチックをぼろぼろにする性質を持っている。そのため、通常の宇宙服では、このガスを遮断することができない。

「うまい手を考えつく」

ややあって、バードがぼやいた。〈ドラクーン〉は、これで使いものにならなくなるだろう。

バード、タロス、リッキー、そして航法士、機関士の五人は船外にでた。逆らうことはできない。ドックの床を駆けぬけ、赤い扉の前に進んだ。扉がひらいた。その向こう側は通路になっていた。

「入れ」

通信機を通じて、声が響く。五人は通路に飛びこんだ。背後で赤い扉が閉まった。十メートルほど、歩を運んだ。壁に突きあたった。行き止まりである。足を止めた。

しばらく待つ。一、二分だ。唐突に行手の壁が横にスライドした。三人の男が、レイガンを構えて立っていた。宇宙服は着ていない。モスグリーンのスペースジャケットを身につけている。この通路は、一種のエアロックになっていたらしい。ドックは、いま

VQガスの中和作業の真っ最中だろう。

「宇宙服を脱げ」

三人のうちの真ん中の男が言った。レイガンのトリガーボタンに指がかかっている。

五人は、言われたとおりにした。ついでに、両手も上に挙げた。

「俺についてこい」

真ん中の男があごをしゃくった。きびすを返し、歩きだす。五人が、そのあとにつづいた。レイガンを持ったふたりが、しんがりについた。リッキーが、レイガンの銃口で背中をこづかれた。

さらに二十分ほど通路を進んだ。また壁に突きあたった。今度は白い色の扉になっている。どうやら、そこが最終目的地のようだ。先導した男が、扉の脇の小さなパネルに右目を押しあてた。扉は音もなく回転し、ひらいた。

広い、ホールのような雰囲気の空間が、扉の向こうに出現した。数十メートル四方といったところだろうか。天井も、かなり高い。

ホールの中央に導かれた。タロスはさりげなく左右を見まわした。ホールの片側にはコンソールデスクが何列も並んでいる。そこに着いているのは、数十体のロボットだ。何をしているのかは不明だが、用途の見当はつく。このステーションのメインコントロールエリアだ。

一方、その反対側は宇宙船のブリッジを思わせる構造になっていた。巨大なスクリーンがびっしりと壁面を埋め、高級な造りのシートが、それに向かってずらりと置かれている。そこにすわっているのは、どうやら全員が生身の人間らしい。アンドロイドではない。

タロスたちをここにつれてきた男三人が直立不動の姿勢をとり、かかとを甲高く鳴らした。

シートの人間が、いっせいに立ちあがった。くるりと体をめぐらした。

最前列――タロスからみれば最後列に位置するひとりをべつにして、すべての者がモスグリーンのスペースジャケットを着ている。男女の比率は五対二くらいだろうか。男が多い。例外のひとりは男で、しかも老人だった。年齢は七十四、五歳。金モールで飾られた、古風な意匠《いしょう》の黒い軍服を身につけている。

タロスは、自分の横でバードが息を呑むのを感じた。どうやらバードは、その人物を知っているようだ。

タロスは軍服の男を凝視した。

老人だが、けっして年寄りには見えない。背はさほど高くないものの、肩幅が広く、やや小肥りだ。髪は少し薄くなった銀髪で、不思議に柔和な目つきが印象的だった。

「ほお」

老人が言った。顔に似合わぬ高めの、よく響く声だ。

「これは奇遇だ」老人の視線は、タロスの右手に据えられている。

「情報部二課のバードじゃないか。まさか、こんなところで出会うとは思わなかった」

「あなたは……」凝然としていたバードが、あえぐように声を絞りだした。

「オルレンブロール提督」

「なんだって？」

タロスの顔色も変わった。その名前を聞き、度肝《どぎも》を抜かれた。

オルレンブロール提督。連合宇宙軍初期からの名艦長だ。宇宙海賊相手に繰り広げた数知れぬ戦闘において、盛名を馳《は》せている。性格は温厚にして実直無比。誰からも慕われるが、ひとたび戦闘にあって艦を指揮するや、鬼神もこれを恐れるという勇猛ぶりを発揮する根っからの軍人だ。むろん、タロスも同じ船乗りとして、むかしからその名を耳にしている。

「こちらにきたまえ」

オルレンブロール提督はバードに向かって手招きした。しかし意外な人物の登場に、口をぽかんとあけて立ち尽くしている五人は、そう言われても身動きひとつしない。

「評議長がお呼びだ」レイガンのひとりが言った。

「あちらに行け」

うながされ、かれらはようやく我に返った。

五人は、シートの間を抜け、オルレンブロールの待つ最前列へと至った。先ほどいっせいに立ちあがったオルレンブロール以外の人びとは、もうすでに腰をシートに戻している。

「かけなさい」

オルレンブロールは五人にシートを勧めた。オルレンブロールの横に並ぶシートだ。その一列は、すべて空席になっている。

五人は、オルレンブロールの言葉に従った。その左側にバードとタロスとリッキー、右側に機関士、航法士が腰を置く。オルレンブロールも、自分のシートにすわり直した。

「さて」オルレンブロールが、あらためて口をひらいた。

「きみたちがカインにきた理由を聞かせてもらおうか」

「卒爾《そつじ》ながら」バードが言を返した。

「それは、わたしのほうからお尋ねしたいことであります。提督」

静かだが、強い口調だ。

「提督というのは、やめてもらえないかな」オルレンブロールは泰然として応じた。

「ここでのわしの肩書きは評議長だ。提督ではない。できれば、そう呼んでほしい。それがいやなら、オルレンブロールと呼び捨てにしてくれ。そのほうがよほど好ましい。

少なくとも、提督と呼ぶことだけは避けてもらいたい」

「…………」

「話がわからないらしいな」オルレンブロールは薄く笑った。

「わしは高齢を理由に、艦《ふね》から降ろされた男だ。それをなぜ、提督と呼ぶ？　提督とは、艦に乗り、艦隊の指揮をとる軍人のことだろう。地上《おか》にあげられてしまったら、それはもう提督ではない。サロンで余生を送るただの老人だ。提督とは、そういう者に与えられた称号ではない」

　オルレンブロールは口をつぐみ、上目遣いにバードを見た。バードは何も言えない。その気持ちがはっきりと理解できる。

「話題がずれてしまったな」オルレンブロールは言を継いだ。

「もとに戻そう」

「そう、お願いします」

　かすれた声でバードは言い、あごを引いた。

「ここにいることの、お互いの理由だ」オルレンブロールは小さく肩をすくめた。

「きみがここへきたわけは、容易に想像がつくよ。〈スピカ〉事件の流れだろう？」

「ええ」

　バードは短く答えた。

「大当たりか」図星だったので、オルレンブロールは少し機嫌をよくした。

「となると、わかりやすく説明せねばならんのは、わしのほうだ」

オルレンブロールは、一呼吸置いた。それから、バードに向き直り、ふっと訊いた。

「きみはエスパーをどう思っている？」

「エスパー？」

予想だにしなかった質問を放たれ、バードの眉が揺れるように跳ねた。

「どうって、べつになんとも……」

エスパーのことなど、答えようがない。

「ふむ」オルレンブロールは、鼻を鳴らした。

「きみは、どこの馬の骨ともわからんやつに自分の心の中を見透《みす》かされても平然としていられるのか？」

重ねて訊いた。

「そんなことは、ありません」バードは首を横に振った。

「ですが、それはエスパーのうちでもテレパスに限ったことです。しかも、その能力はさほど高くありません。わたしの知る限り、人の心を隅々まで覗くことのできるテレパスなど皆無です。すぐれたテレパスといえども、せいぜい九十パーセント台の確率で、数メートル離れた人間が思い浮かべる単純な記号を読みとる程度のものではないでしょうか」

「きみは何も知らない」オルレンブロールは、鋭く言葉を返した。「表面にでてきた、ごく一部のエスパーしか見ていない。そもそも、強力な能力を有するエスパーが、簡単に表社会に姿をあらわすと思っているのかね？ 迫害されるのが、目に見えているのだ。そんなマネをするわけがない。が、まあいいだろう。ここはきみに合わせて、世間に知られている能力の低いエスパーに限って話をする。たとえばテレキネシスだ。きみは鉄棒を曲げるくらいの力を持ったエスパーのことは知っているか？」

「多少は、見聞しています」バードは答えた。

「直径一センチほどの鉄棒を、能力者がテレキネシスで曲げるところを軍のビデオデータで見たことがあります」

「それでいい」オルレンブロールは大きくうなずいた。

「そのテレキネシスについて、どう思う？」

「どう、と言われても……」バードは表情にとまどいの色を見せた。

「どちらかといえば、見せ物としても退屈なものでした」

「バード。きみは有能だが俗物だな」

オルレンブロールが言った。バードを指差し、決めつけた。

「それはどういう意味ですか？」

さすがにバードも、気分を害する。

「よく考えろ」オルレンブロールはつづけた。

「鉄棒を曲げる力は、距離さえ適当であれば、たとえ箱に入れてあっても働く。ということは、相手に触れなくとも、延髄だろうが心臓だろうが、自由に力を加えることができるということだ。繰り返して言う。鉄棒を曲げる力があれば、延髄や心臓、それに脳くらいなら、十分に損傷を与えることが可能になるのだ。きみは、それを見せ物としても退屈なものと言った。どうして、そんなことが言える？ バード。あの映像から、この推量を導けないきみは、ただの俗物だ」

「…………」

バードは言葉を失った。オルレンブロールの指摘は正しい。言い返すことができない。

そのまま絶句し、おし黙った。

4

オルレンブロールの血色のいい顔がさらに紅潮し、赤くなった。バードを言い負かしたと判断し、少し昂奮状態に入った。

「それに、きみは重大なことを忘れている」声高く叫んだ。

「進化だ！　進化ということを完全に失念している」

「………………」

オルレンブロールの勢いに、バードは大きく気圧《けお》された。

「たしかに、いま現在だけを見れば、途方もない力を有したエスパーは、銀河系広しといえども、数人とはいない。しかし、この時点で数人が確認されているということは、未来の何千人、何万人の出現を意味することになる。考えてもみるがいい。われわれよりも数段上の能力を持った連中が何万人とあらわれてきたときのことを。そんなことになった場合、人類に未来があると思うか？　はっきり言っておこう。エスパーは人類ではない。人類とは、われわれのことだ。われわれだけが人類だ。銀河系とは、われわれ人類に約束された、いわばカナンの地である。そこは、エスパーという名の悪魔が住む場所ではない。われわれはエスパーを駆逐《くちく》し、銀河系から、そのすべてを抹殺しなければならない。これこそが、われわれ人類に課せられた崇高な使命であり、大宇宙の法則だ。かつて、われわれ人類は、天然痘《てんねんとう》を、ペストを、癌《がん》を、エイズを、その他もろもろの不治の病をこの世から消滅させてきた。それと同じように、今度はエスパーという人類の敵を、この世から一掃する。それ以外に、いま人類がやるべきことはない」

「オルレンブロール、それはあまりにも支離滅裂な殺戮《さつりく》の理論だ。そもそも、それは銀河連合の決議にも反している」ようやくバードが言葉を返した。「銀河連合は、ヤルバレート博士を議長とする超科学現象探求委員会で『超能力者等はこれを人類の一進化形態とみなし、その発達を敵視したり、阻害したりすることを排除する』という旨の決議を三年前に採択した。あなたは、それをご存知ないのか？」

「ヤルバレートの理論など、くそくらえだ」オルレンブロールは声を荒げ、怒鳴った。「いくら人類が甘やかし、おだてようが意味はない。やつらは、すでにわれわれを凌《しの》ぐ高度な能力を手中に納めている。能力を持つ者が、いつまでもおとなしくしていると、おまえたちは本当に信じているのか？　否《いな》だ。答は絶対に否だ。望めば権力だろうと富だろうと、エスパーは容易《たやす》く手に入れることができる。もし、このまま放置しておいて、高い能力を備えたエスパーが急速に数を増し、その中のたったひとりでも人類に挑戦することを考えたら、どうなる？　人類の歴史が、その瞬間に終わる。これは、百パーセント間違いのないことだ」

「あなたの話は仮定だ。想像の話でしかない」

「仮定とは違う！」オルレンブロールは拳を振りあげ、否定した。「現実を語っているのだ。〈スピカ〉事件を見ろ。エスパーどもは、ついに人類に手をだした。四肢をばらばらに引き裂かれ、殺された乗員と乗客たち。それに、さらわれて未だに行方の知れないクリス少年。そのいずれもがわれわれと同じ人類だ」

「しかし」

「エスパーどもは牙を剝いた」反論をつづけようとするバードの言葉を、オルレンブロールは無視した。

「人類を倒し、みずからが銀河系の覇者《はしゃ》となろうとして戦いを挑んできた。暗黒邪神教などというまやかしの宗教団体をつくり、この呪われた星カインに立てこもったのが、その証しだ。やつらは、人類に戦争を仕掛ける気でいる。が、人類は負けない。人類には、わしがいる。そして、対エスパー同盟がある。カインに集まったエスパーどもは、ひとり残らず皆殺しにする。必ずや、息の根を止める！」

「何をする気だ？　オルレンブロール」

バードは蒼白になり、シートから立ちあがった。

「黙って見ていろ」オルレンブロールは首を後方にめぐらした。

「そうすれば、わかる。――ゴルメス。出撃準備はどうなった？」

「はっ」ひとりの男が直立し、答えた。

「すでに完了しております。全機、いつでも出撃可能です」

「ハン・リー。そっちはどうだ？」

「分子爆弾、作動準備完了しました」

「分子爆弾だと」バードの小さな目が、丸く見ひらかれた。

「そんなものを使う気か!」

「エスパーどもは、カインに洞窟を掘って、その中に堅固な基地を築いている」オルレンブロールはスクリーンに映る惑星カインを右手で示し、言った。

「通常の手段では、やつらを全滅に追いこむことはできん。だが、ロボット操船の無人戦闘宇宙艇で一斉攻撃をかけ、敵の注意がそちらに集中した隙に分子爆弾をカインの地中に撃ちこんだらどうなると思う。言うまでもない。やつらは、カインごとあとかたもなく消滅する。堅固な地下基地といえども、ひとたまりもない。確実に塵《ちり》と化す」

「恐ろしいことを」

うなるように、バードが言った。

「恐ろしい?」オルレンブロールはにやりと笑った。

「何を寝ぼけたことを言っている。これは、人類とエスパーの戦争だぞ。戦争に恐ろしいことと、そうでないことの区別があるか? 戦争では、すべてが勝つための手段だ。そこに恐ろしいことなど、ひとつとしてない。断じて、ない」

そして、オルレンブロールは立ちあがった。きびすを返し、シートにすわるモスグリーンの一群と相対する。かれらの顔を右から左へと、ゆっくり見渡した。

「これより、総攻撃を開始する!」

凜《りん》と、言い放った。

メインスクリーンの映像が変わった。オルレンブロールの声と同時に切り換えられた。巨大な画面いっぱいに、おびただしい数の戦闘宇宙艇が映った。

「！」

バードが前方に大きく身を乗りだした。

「なんて数だ」

驚嘆する。頬がひくひくとひきつっている。

「一万二千機の無人戦闘宇宙艇だ」誇らしげに、オルレンブロールが言った。「これより、絨緞爆撃を開始する。中心となるのは、とくに生命反応の強い北極周辺だ。遅発信管を装備した大型ミサイルを徹底的に叩きこむ。爆発は、カインの地表を深さ百メートル近くまでえぐる。地下にもぐっているとはいえ、そのほとんどの深度はせいぜい数十メートルのオーダーだ。それはすでにリモート・センシングで確認されている。エスパーどもも、この攻撃にはあわてふためき、肝をつぶすことだろう。それは間違いない」

オルレンブロールは高笑いを響かせた。バードを相手に言いたい放題言い、気分が大きく高揚した。その昂《たかぶ》った意識のまま、いま総攻撃がはじまる。

「分子爆弾を撃ちこむのは、どこだ？」

タロスが訊いた。

「南極だよ」上機嫌のオルレンブロールは、あっさりと答えた。

「戦闘宇宙艇に対し、どんな形であっても反撃してきたら、即座に撃ちこんでやる」

「このステーションから発射するのか？」

「そうだ」

「不思議だな」タロスはオルレンブロールを見据えて、言った。

「ステーションといい、一万二千機の戦闘宇宙艇といい、尋常《じんじょう》ではない規模の作戦だ。これだけ膨大な装備、連合宇宙軍の提督であっても、右から左へと簡単に調達できるはずはない。対エスパー同盟には、よほど有力なスポンサーが嚙みこんでいるらしい」

「…………」

オルレンブロールは口をつぐんだ。表情が急変し、こわばった。

「その一方で、腑《ふ》に落ちない部分もある」タロスはつづけた。

「このステーション、ずいぶん馬鹿でかいが、分子爆弾や戦闘宇宙艇なんかの収納スペースのことを考えると、居住部分はさして広くない。しかも、システム運営を担っているのは、人間ではなくロボットだ。人間は、ここにいる一握りの連中のみ。作戦の要《かなめ》である戦闘宇宙艇までが、ロボット操船の無人機になっている。ひょっとして、対エスパー同盟というのは、えらく小さな規模の組織じゃないのか？」

「…………」

「俺が思うに――」

「黙れ！」オルレンブロールが吼えるように叫んだ。

「何を企んでいる？　わしから対エスパー同盟の全貌を聞きだそうとしているのか。だとしたら、それは無駄な行為だ。やめろ。この戦いが終われば、どうせ殺してしまうおまえたちだが、たとえ冥土《めいど》のみやげであっても、対エスパー同盟の正体を明かすことはできん。おまえたちは静かにここで、われわれが人類の未来のために必死で戦う姿を眺めていろ。それ以外に、できることはない」

へっ。

タロスは腹の中で嗤《わら》った。

人類の未来ときやがった。

タロスはひどくわだかまっていた。気分がすっきりせず、ややもやとしていた。オルレンブロールは、クラッシャーではなかったが、タロスにとっては偉大なヒーローのひとりであった。もしも、こんな状況ではなく、たとえばどこかの劇場のロビーで偶然、提督に出会ったとしたら、タロスは恥も外聞も忘れ、まだ駆けだしの坊やであったころから憧れていた宇宙軍の名艦長のもとに駆け寄り、握手やサインをねだったことであろう。

しかし、オルレンブロール提督は、もうタロスがその名を聞いただけで胸をときめかせた当時のかれではなかった。

タロスの目の前にいる男は、現役の任を解かれ、地上《おか》にあがって望まぬ管理職となった、やたらに繰《く》り言《ごと》の多い、ただの老人にすぎなかった。

タロスは急速に心が冷えこむのを感じた。むかし抱いていた夢が、音を立てて崩れて落ちていくのが、はっきりとわかる。憧憬は憧憬で留めておくべきであった。出会ってしまったこと自体が、不幸だった。

タロスは意識をべつの方向に向けた。

どうすれば、ここから逃げだせるか。それだけを考えることにした。

「いよいよだな」

オルレンブロールの弾んだ声が、タロスの思考を破った。タロスは我に返り、おもてをあげた。

いつの間にか、また映像が変わっている。

映っているのは、ガラス状になったカインの地表だ。陰惨な光景がスクリーン一面に広がり、その上空をかすめるようにして戦闘宇宙艇の群れが水平飛行をおこなっている。映像を送ってきているのは、静止衛星軌道上に留まった戦闘宇宙艇の一機が搭載しているセンシングシステムのカメラだ。かなり迫力のある画面となっている。

映画だぜ。まるっきり。

タロスは肩をそびやかした。

ミサイル攻撃がはじまった。

編隊を組み、ずらりと横一列に並んだ戦闘宇宙艇が、数秒に一発の間隔でつぎつぎとミサイルを発射していく。ミサイルは地表めがけ、まっすぐに突き進む。

命中した。

が、すぐに爆発は起きない。遅発信管によって制御されている。しばしの間があいた。

白光がスクリーンを覆った。

初弾が爆発した。

5

惑星表面に、丸い衝撃波が列をなして広がった。

数秒おいて、つぎの列が生まれる。そして、また数秒おいて、つぎの列が出現する。

画面が、光と爆煙と飛び散る土砂で埋まった。機体も地上も、何も見えなくなった。

「いいぞ。その調子だ。反撃してこい。さあ、反撃しろ！」

オルレンブロールが怒鳴る。昂奮がピークに達した。ソファの前にあるコンソールパネルに手を置き、スクリーンに向かって大声を張りあげている。右の手に円筒形の物体を握りしめ、赤く発光するボタンに指をのせているが、これはおそらく分子爆弾の発射スイッチであろう。

煙が拡散し、地表の光景が再び画面に戻った。そのさまが、大きく変化している。地上には直径数百メートルにも及ぶクレーターがいくつも重なり合い、それがどこまでもつづく。ガラス状の地面はざっくりとえぐられ、さらには微塵《みじん》に砕かれて、どこかに消えてしまった。いま、そこにあるのは、赤土が生々しく剝きだしになった、これまでとはべつの意味で荒涼とした無惨な景色だ。

映像が移動する。戦闘宇宙艇編隊が映った。その背景から、クレーターが失《う》せた。またガラス状の地表が見える。爆撃を浴びなかった地域だ。そこに穴がひとつ、ぽっかりと口をあけている。

「なんだ。あれ？」

自問するように、バードが訊いた。

「前から存在している穴だ」オルレンブロールが答えた。

「自然のものでないことははっきりしている。が、何かに使われたということはない。生命反応も皆無だ。エスパーどもがあけた穴に間違いはないが、正体が判然としていない。あれは、そういう穴だ」

ゲージが映像に重なった。穴の直径は二十メートルほどと推測できた。

「宇宙船の進入口にしては小さい」

　タロスが言った。

「最初は少しずつ直径を広げ、そういった用途に用いるものと考えていた。しかし、そんな気配もまったくない」

「掘りそこなったのかな？」

　バードは首をひねった。

「なんであれ、あれは利用できる」オルレンブロールが言った。

「こちらにとっては、重要攻撃目標のひとつだ。エスパーどもはしぶとい。あれだけ攻撃しても、じっと我慢をしている。だが、得体が知れないとはいえ、あの穴はカインの洞窟内部に直接つづいている。それはセンシングで確認されている。となれば、あそこにミサイルを集中的に撃ちこむことで、多くの枝洞窟にダメージを与えることができる。その効果は、けっして小さくない」

　オルレンブロールは通信機のスイッチをオンにした。

「コントロールしろ」命令を与える。

「攻撃プランの変更だ。作戦をフェイズ3に移す。第二波はあの穴を目標としろ。繰り返す……」

　画面に戦闘宇宙艇の大群が入ってきた。あらたな大編隊だ。カインの地上めがけ、高度を下げていく。

ミサイルを発射した。数百機もの機体から、いっせいに放たれた。

地表の小さな穴を狙い、千機を超えるミサイルが、炎の尾を引き、いっせいに殺到する。

そのときだった。

「なに？」

余裕の表情でスクリーンに見入っていたオルレンブロールが、そう叫んで血相を変えた。いや、かれひとりではない。そこにいたすべての人間が、驚愕で棒立ちになった。

異変が起きた。

先に遭遇したのは、穴を目前にしたミサイルの群れだった。

ミサイルがこなごなに崩れていく。爆発ではない。文字どおりの崩壊だ。唐突《とうとつ》に輪郭を失い、ちりぢりばらばらになる。

つぎの瞬間。

戦闘宇宙艇の編隊も、同様の状況に陥った。

機体が吹きちぎられる。

何百機もの戦闘宇宙艇が、いっせいにスクラップと化した。

どう表現したら、いいのだろう。誰もが言葉をなくしている。ミサイルも戦闘宇宙艇も、強風にあおられた薄紙がびりびりと裂けて舞い飛ぶように吹きちぎられ、あっという間に宇宙空間へと飛ばされた。

風？

みな、一瞬、そう思った。だが、そうでないことは明らかだ。どんな強風といえども、ミサイルや戦闘宇宙艇をあのように引き裂くことはできない。それに、あの不可視の力はどう見ても、大気圏外にまで及んでいるように感じられる。

「カインが」誰かが叫んだ。

「カインが動いている！」

「！」

あらたな緊張が走った。

全員がスクリーンをまっすぐに見た。

そのとおりだ。

目を凝《こ》らして見つめなくても、それはたしかにわかる。静止軌道上のカメラは、いまその焦点を穴一か所に固定している。にもかかわらず、穴が画面から移動しつつある。じりじりと左側に場を移す。

そして、その穴の移動につれて。

穴の上空にいる戦闘宇宙艇がつぎつぎと切り裂かれた。

　このとき、対エスパー同盟の誇る一万二千機の戦闘宇宙艇は、そのあらかたが穴をはるか眼下に見る位置に集結していた。攻撃部隊は、そこから数百機単位で編隊を組み、高度を下げて爆撃行動に入る。

　いま、目に見えぬ風に吹きちぎられている戦闘宇宙艇は、高度およそ四万キロの軌道上で待機状態にあった一万二千機だ。攻撃部隊の数百機は、すでに全滅した。残りの機体が、根こそぎ、そのあとを追おうとしている。なすすべもなく、破壊されようとしている。

　声があがった。悲鳴のような絶叫だった。それがきっかけになった。

　ホール全体が、騒然となる。

　これはオルレンブロールが待ちに待っていた、エスパー側からの反撃だった。しかし、それは、予想外な形ではじまった。

　オルレンブロールは何もできない。ただ凝然と、その場に立ち尽くしている。

　いまだ！

　タロスは心の中で叫んだ。待望のチャンスがめぐってきた。

　バードとリッキーに目くばせした。ふたりとも、即座にタロスの意をくみとった。

　タロスは左手首を外した。サイボーグのタロスの左腕はロボット義手だ。その中には、機銃が仕込まれている。これは、まさしくタロスの奥の手だ。

ジャンプするように、タロスはシートから立ちあがった。立ちあがるのと同時に、手首の機銃を乱射した。

　ぐるりと体をまわし、狙いも定めず乱射する。

　叫び声があがった。それに怒号が重なった。モスグリーンの男たちが、ばたばたと床に倒れる。レイガンで反撃しようとしたが、間に合わない。タロスの奇襲に、完全に虚を衝《つ》かれた。

　オルレンブロールが脇腹を押さえた。よろめいて後退し、コンソールパネルに激突した。そのまま、ずるずるとくずおれる。

　バードと、航法士、機関士は、床に伏せていた。タロスが立ちあがるや否や、ダイビングするように身を投げ、俯《うつぶ》せになった。タロスの動きを横目で睨み、匍匐《ほふく》前進する。倒れているモスグリーンの腰からレイガンを奪った。これで、武器が手に入った。上体を起こし、タロスの援護を開始した。

　一方。

　リッキーは宙を飛んでいた。〇・二Gの低重力を利し、十数メートルを一気に飛び越えた。

　目標は、ロボットがシステム制御をおこなっているメインコントロールエリアだ。

　空中で、クラッシュジャケットのボタンを引きちぎった。アートフラッシュである。

それを四方に投げた。

炎が噴出した。床といわず壁といわず、アートフラッシュが発火し、燃えあがった。ロボットが猛火にあおられ、機能を停止する。機器や装置が爆発する。

警報が鳴り響いた。壁の一角が大きく横にひらいた。そこから武装したアンドロイドが陸続と出現した。どれもが大型のビームライフルを装備している。

まずい。

タロスは、そう判断した。アンドロイド部隊は、強力な敵だ。機銃やレイガン程度で拮抗できる相手ではない。

「逃げるぞ！」

タロスは叫んだ。きびすを返し、ダッシュした。むろん、機銃の連射はやめない。まだ派手に撃ちまくっている。

リッキーと合流した。リッキーはアートフラッシュを投げつくした。ホールはもう火の海だ。アンドロイド部隊も、その火勢に圧倒され、反撃を控えている。

「むかしを思いだすぜ」

薄笑いを浮かべて、バードがやってきた。顔が煤《すす》けている。その背後にふたりの部下がつづく。後方に向かってレイガンを発射しながら、炎と炎の間を抜けてきた。

そこへ。

ビームライフルが斉射された。

アンドロイド部隊だ。そのうちの数体が強引に炎の壁を破った。いつの間にか、肉薄していた。かれらが、バードたち三人を狙った。

「ぐわっ」

航法士がもんどりうった。背中を灼かれ、昏倒した。

「うおっ」

機関士も、胸を射抜かれた。叩きつけられるように床に落ちた。

「ちいっ」

バードはぎりぎりのところで、ビームの直撃をかわした。が、右足がその場に残った。ふとももを光条がえぐった。バードはバランスを崩し、前につんのめった。頭から落下し、ごろごろと転がった。

「バード！」

タロスが駆け寄る。バードは動かない。脈を調べる。死んではいない。しかし、意識もない。タロスは、バードを肩にかつぎあげた。

「タロス」

リッキーが足を止め、うしろを振り返っている。

「走れ！」タロスは怒鳴った。

「とにかく、走れ！」

その言葉に、リッキーは従った。タロスもバードをかついだまま、走りだした。ホールから、でた。先行するリッキーをタロスが追う。そういう形になった。でたらめに、移動した。どこをどう駆けぬけたかは記憶にない。角をいくつか曲がった。階段を使い、階層を何階か下った。三十分以上は、確実に走りまわった。

エアロックがあった。いきなり目の前にあらわれた。

ドアに〝エマージェンシー・オンリー〟と記されている。タロスとリッキーはその中に飛びこんだ。入ると、緊急用の脱出カプセルがあった。横に宇宙服も並んでいる。脱出カプセルをチェックした。五人用だ。タロス、リッキー、バードが乗るには十分なサイズである。

タロスは、先にバードと宇宙服を三体ぶん、カプセルの内部へと押しこんだ。それから、リッキーとともにカプセルの操船シートに着いた。コンソールパネルのスクリーンに、操作マニュアルが表示されている。

そのとおりにスイッチを押した。

壁がひらいた。ステーションの外壁だ。空気の漏れる甲高い音を響かせ、カプセルは宇宙空間へと射出された。

カプセルには窓があった。そこからステーションが見えた。円筒形のステーションが、見る間に遠ざかっていく。

タロスは、おもちゃのような姿勢制御ノズルを操り、カプセルをコントロールした。かなり苦戦したが、なんとか、カプセルはカインの衛星軌道にのった。

「どうするんだい？」リッキーが訊いた。

「これから、俺らたち」

不安そうな目で、タロスを見た。

6

オルレンブロールが立ちあがった。

必死の力を振り絞り、コンソールにしがみついて身を起こした。タロスの放った機銃弾に腹部をえぐられ、内臓をずたずたに切り裂かれた。腰から下が鮮血で真っ赤に染まっている。緊急治療を施したとしても、命永らえることは不可能だ。即死しなかっただけでも奇跡に近い。

オルレンブロールは、足もとに視線を移した。ぼおっとかすむ視野の中に、赤く発光する場所がある。膝を折り、それに向かって手を伸ばした。全身を裂かれるような痛みが背すじを貫く。それに耐え、オルレンブロールは少しずつ腕を前方に送りだした。

あと数センチ。

あと数ミリ。

一ミリ一ミリ、指が床の上を這《は》っていく。あと五ミリだ。あと二ミリ。

届いた。

残った力のすべてを指先に集中し、オルレンブロールは赤く光るボタンを押した。指に力が入らない。いらつく。だが、懸命に押しつづける。音がした。かちりと小さく響いた。光が黄色に変わった。分子爆弾の発射スイッチが作動した。オンになった。

「がふっ」

オルレンブロールは、血を吐いた。意識が急速に薄れていく。上体が崩れ、仰向けに倒れた。背中から床に落ち、鈍い音が反響した。

オルレンブロールが動かなくなった。偉大な提督はここに息絶え、この世から去った。

炎が広がってきた。ロボットが消火にあたっているが、火勢は衰えない。アートフラッシュによる火災を消すのは、むずかしい。火はシステムの根幹部を焼き、ステーションは制御を失った。一部で爆発も起きた。その衝撃が、ステーションに加速を与えた。カインに向かう加速だ。衛星軌道から離脱し、ステーションは惑星カインへと落下を開始した。

ステーションが落ちる。

質量が小さければ、カインの稀薄な大気に突入した宇宙機は圧縮熱で炎上し、燃えつきてしまう。しかし、対エスパー同盟の宇宙ステーションは巨大すぎた。中央部近辺でふたつに折れ、一部は少し融け崩れたが、原形をほとんど留めたままステーションはカインの地表に激突した。

そこは、ちょうどミサイル攻撃で大地がクレーター状に深くえぐられた場所だった。大爆発が起こった。爆発の影響は地下洞窟に及んだ。その中にいたエスパーが何十人と巻き添えになった。

大戦果である。対エスパー同盟の宇宙ステーションは、その消滅時において、もっとも敵に大きなダメージを与えた。

なんとも皮肉な話である。

そして。

死の間際にオルレンブロールが執念で撃ちこんだ分子爆弾は、目論見《もくろみ》どおりカインの南極に突きささり、ゆっくりと回転しながら、惑星中心部に向かってもぐりはじめていた。

「冗談じゃないよ」リッキーが情けない声をあげる。

「これじゃ、カインの周回軌道でお陀仏だ」

半べそをかき、タロスを見た。

「泣くな！　手はある」

タロスはリッキーを一喝した。

「嘘だ。信じられない」

リッキーは首を横に振った。半信半疑だ。敵地のただ中で周回を重ねている脱出カプセルの中だ。打つ手があると言われても「はいそうですか。それなら安心」と喜ぶわけにはいかない。

「嘘じゃねえ。見てみろ」タロスはコンソールパネルのふたをあけ、中の回路のひとつを指差した。

「ここに救難信号の発信装置がある」

「そんなの俺らにだってわかる。でも、こんなとこで誰に救けを求めるんだよ？　誰もいやしないぞ」

「それがいるんだ」タロスはにっと笑い、回路を指先で調整した。

「まず、信号をちょいと変える。メッセージは〝コチラたろす、救援乞ウ〟ってのがいいな」

「それ、嘘でも本当みたいだ」

リッキーがパネルの奥を覗きこんだ。

「どあほ。本当に本当だ」タロスは歯を噛み鳴らした。

「つぎは通信帯域を変更する。ハイパーウェーブで、Cバンドの四・三八エリアに固定する」

「へ？」リッキーはきょとんとなった。

「それって、〈ミネルバ〉の専用通信帯域」

「そうだ」タロスはうなずいた。

「ほかにこの帯域を使っている船はいねえ」

「けど、それ」

「けども、くそもない！」タロスはリッキーの言葉を大声で吹き飛ばした。

「暴走した〈ミネルバ〉が向かった先はカインだ。もしくはカインの近所だ。〈スピカ〉事件。クリス。暗黒邪神教。謎の少女。非常識な高加速。すべての情報が、その可能性が高いことを示唆《しさ》している。でもって、カインといえば、いま俺たちの目と鼻の先にぶらさがっている惑星だ。となれば、俺たちは〈ミネルバ〉に救援を求める。これは理にかなった方策だ」

「うー」

リッキーはうなった。タロスはむちゃくちゃを言っている。すべては勘で、なんの根拠もない。しかも、あれほど呼びかけても応答のなかった〈ミネルバ〉が、いまなら、こちらからの信号を受けとるものと決めつけている。

「だめで、もともと」

タロスは豪快に哄笑し、救難信号を発信させた。

タロスの判断は正しかった。

〈ミネルバ〉は、信号をキャッチした。恐ろしいほどに、タロスは運に恵まれていた。

〈ミネルバ〉はカインの地表に放置されていた。地下に収容されていなかった。その上、赤道近くに着陸していたため、対エスパー同盟による攻撃の被害も蒙《こうむ》っていなかった。完全に無傷だった。

船内にはドンゴが残っていた。

救難信号をドンゴが確認したのは、タロスがそれを発信したのと、ほぼ同時だった。ロボットの場合、救難信号に対する行動が、他のすべての任務よりも優先される。そのようにプログラムされている。

ドンゴは〈ミネルバ〉を発進させた。救難信号の追跡はただひたすらに容易であった。

バードの意識が戻った。

「死んだと思っていたぜ」

目をあけ、タロスとリッキーの顔を見るなり、バードはそう言った。

「再会したとたんに死なれてたまるか」タロスは苦笑いを浮かべた。

「それに訊き忘れていることもある」

「なんだ?」

「宇宙軍だよ。ケイのためにクラッシャーをやめたおまえが、どうして宇宙軍にいる?」

「そのことか」バードは弱々しく微笑した。

「ケイが死んでから入ったんだ。知ってのとおり、ケイの父親は宇宙軍の将官だ。俺がケイの死んだあと、荒れた生活をしてたのを見かねて、誘ってくれた」

「そういうことか」

「ただし、入隊には条件をつけた。できる限り、危険なポストに配属してくれと」

「へんな条件だな」

「早く死ねば、それだけ早くケイに会える」

「ぬかせ!」

タロスは大仰に顔を歪めた。

「今度も、うっかり生きのびちまった。またケイに会いそこねたってわけだ」

「そうはいかねえ」タロスの声が高くなった。

「つぎは俺の番だ。もう譲ったりはしない」

「タロス！」

いきなり、リッキーの声が割って入った。窓外に目をやり、大声で叫んでいる。

「るせえ！　いまいいとこだぞ」

タロスはむくれた。

「それどころじゃないよ」リッキーは、両腕をぐるぐると振りまわした。

「〈ミネルバ〉がくるんだ。本当に飛んできた！」


地震のような揺れ、というよりも、ドラムを乱打しているような衝撃が、ずうっと大地と空気を激しく震わせていた。

——対エスパー同盟が総攻撃を開始したわ。

ソニアが思考で説明した。

——どういう攻撃？

アルフィンも思考で訊いた。金縛りはまだ解いてもらえない。よくよく行動に信用がないようだ。ソニアに言わせると、アルフィンは思考回路を通さずに行動に走るきらいがあるらしい。要するに、直情径行型プラス発作的性格だということだ。考えてみれば、ひどい言われようである。

——ミサイルによる絨緞爆撃よ。

ソニアは言った。

——北極一帯が、百メートル近く地表をえぐられている。でも、この洞窟はかなり深い位置にあるから、あんな攻撃じゃ、あまり効果がないわ。

——暗黒邪神教の反撃は？

——はじまるわよ。もう少ししたら。サイコ・フォース・デストロイヤーという、とんでもない武器があるの。いま、必死でその発射準備をしている。

——サイコ・フォース・デストロイヤー？

——さっき全長一万キロに及ぶ洞窟があるって言ったでしょ。

——ええ。

——あれがそうよ。

——？

——あの洞窟、なんの役にも立っていなかった。それも当然。そういう武器なんだから。一言で言えば、テレキネシスの増幅器って感じかしら。一万キロの間に、テレキネシスの使えるエスパーを百人くらい等間隔で並べ、つぎつぎとその念を増幅させて、最後はその力を北極の穴から外部に送りだす。大もとのエスパーの力量にもよるけれど、その力は尋常じゃないわ。穴の正面にいたら、宇宙船なんて薄紙みたいにびりびりと引き裂かれてしまう。

――でも、逃げるのは簡単だわ。北極の穴の近くから離れればいいだけでしょ。

――名案に聞こえるけど、それはだめ。

――どうして？

――増幅した念を途中で穴の壁に向けられるから。すると、その力がカインそのものを動かす。カインが動けば、穴も動く。つまり、どの方向にも、自由に力を放射することができるってこと。いえ、それだけじゃないわ。やろうと思えば、カインをこの恒星系から離脱させることも可能になる。

――そんなあ。

アルフィンはうろたえた。

――だったら、連合宇宙軍だって手がだせない。

――はじまるわ。

ソニアの思考が、アルフィンのそれをさえぎった。

――準備が完了した。あなたにも念を中継する。ショックに備えていて。

思考が切れた。一瞬、空白があった。

――きた！

があんという鈍器で殴られるような衝撃が、意識に届いた。アルフィンは思わずよろめいた。くらくらとなり、倒れそうになった。眩暈《めまい》に似ているが、少し違う。どちらかといぅと、その雰囲気は酩酊《めいてい》状態に似ている。

——大丈夫？

ソニアが訊いた。

——頭の中が、まだ揺れている。

アルフィンが答えた。

——大もとのテレキネシスが桁違《けたちが》いに強いわ。

——ソニアより？

——戦って、勝てる相手じゃないと思ぅ。

——嘘。そんなエスパーがいるの？

——最初の念をだすとき、一ナノ秒くらいだけどシールドが外れた、名前を読みとることができたわ。

——名前？

——アスタロッチといっていた。

——アスタロッチ！

アルフィンは息を呑んだ。

——死んだ人でしょ。

——二代目かもしれない。あるいは同名の別人か。でも、間違いなく、アスタロッチと名乗っていた。

そこでソニアの思考がわずかに乱れた。何かを思いだし、はっとなった。

——それどころじゃないわ！

強い思考で、ソニアが言う。

——ジョウを救出しなきゃだめ。いまがチャンスなの。サイコ・フォース・デストロイヤーに参加したあとは、どんなに強力なエスパーも疲労でしばらく虚脱状態になる。この隙を狙えば、多少暴れても、雑魚《ざこ》のようなエスパーしかやってこない。

ソニアはアルフィンの金縛りを解いた。

——思いっきり、やってちょうだい。

ソニアが言った。が、そのときにはもう、彼女の横に人の姿がなかった。金縛りが解かれるのと同時に、アルフィンはジョウに向かって飛びだしていた。

第五章　異界の死闘

1

ジョウは周囲の雰囲気が大きく変わっているのに気がついた。

なんとなくざわついている。人のあわただしい動きが感じられる。

しかし、なぜそうなったのかをたしかめることができない。悪魔の爪のせいだ。まわりを見るためには首を動かさなくてはいけないが、いまのジョウには、それができない。ジョウの目に映っているのは自分の足もとと、その周辺だけだ。それ以外のところに視線を移そうとすると、肩か後頭部を悪魔の爪の刃でざっくりとえぐられることになる。

とつぜん、ジョウの狭い視野の中に誰かが入ってきた。密かに接近してきたらしい。その誰かの足の一部が見える。爪先から、足首までだ。が、それだけでジョウには、近づいてきた者が男で、四人のひとりであるということがわかった。筋張った二本の足首が軽合金の鎖でつながれている。

　男はジョウの脇に身を寄せた。足だけでなく、腰のあたりまで見えるようになった。男は盛んにツルハシを振りおろしているが、その腕にまったく力が入っていない。どうやら、その動作は擬装らしい。ジョウに用があって、この男はここまで移動してきた。ジョウは、そう推察した。

「動くな」声をひそめ、男が言った。

「動くと、あんたのからだを傷つけてしまう」

「どういう意味だ？」

　ジョウは訊いた。自分のものとは思えない、しわがれ声が口から漏れた。

「助けてやる。いまのままでは、とても正視に耐えない。いたましくて、吐き気がしてくる。幸い、何かあったみたいで、クラップもチビもどこかに姿を消した。見張りがふたりほどいるが、あいつらは仕事をさぼって向こうで昼寝をしている。いまは絶好のチャンスだ」

「足のダメージが大きい」ジョウは指先で自分の膝を示した。

「助けてもらっても、逃げきれるかどうかはわからない。だが、助けてもらうのは大歓迎だ。俺は、どうすればいい？」

「じっとしていることだ。いま、あんたのまわりを四人の囚人が囲み、思考をシールドしている。みんなで相談して、あんたを助けることに決めた。動くことなく、ただ立っていてくれれば、ひとりがツルハシで悪魔の爪を支えている革ベルトを切る。そして、あとの三人が、それをあんたの背中から外す。苦しいかもしれないが、とにかくしっかりとふんばっていてくれ」

「わかった」

ジョウは了承した。悪魔の爪を降ろしてもらえるのなら、ツルハシで皮膚を裂かれても気にしない。爪の尖端が脇腹に突き刺さったとしても平然としていられることだろう。

「おっと、その前にやっておかないと」

男がつぶやき、ジョウの足もとにしゃがみこんだ。その動きで、男の顔が見えた。三十五、六歳といったところか。栗色の髪が長く、顔の半分がひげで覆われている。

「どうした？」

ジョウは声をかけた。

「悪魔の爪の前に、この膝頭の邪魔者を取り除くのさ」男は言った。

「バランスを崩して、うっかり転びでもしたら、ますます足がだめになってしまう」

「………」

ジョウの胸が熱くなった。

「恩に着る」呻くように言った。

「無事に逃げられたら、きっとあんたたちを助けにくる」

「そんなことはしなくてもいい」男はかぶりを振った。

「それよりも、二度と捕まらないようにしてくれ。今度、捕まったら、俺たちはもっとひどい目に遭《あ》わされているあんたを見るはめになる。そいつは願い下げだ。もう絶対に見たくない」

かちゃりという小さな音が響いた。スプリングが跳ねた音だった。男が錐付きの膝あてを手に持ち、あとじさった。ジョウは膝頭に目を向けた。血にまみれたズボンの中ほどが大きく引き裂かれて口をあけ、その中にピンクの肉と白い骨が見える。あらためて痛みがぶり返してくるような光景だ。

「やるぞ」

男が言った。腹にツルハシの刃があてられた。ジョウの両脇に立ったふたりの男が、悪魔の爪を腕で支えている。ツルハシが横に薙《な》ぎ払われた。びんという鋭い音が耳朶を打ち、革のベルトが弾けるように切れた。つづいて、胸に巻かれたもう一本の革ベルトが、こちらは鈍い音とともにすっぱりと切断された。と同時に、悪魔の爪がゆっくりと持ちあげられる。三人がかりだ。ジョウの背中がふいに軽くなった。悪魔の爪は、地面の上に投げ捨てられ、重い地響きがジョウの足裏に震動となって伝わってきた。

「もう動いてもいいぞ」

男が言った。

ジョウは、くの字に曲がった腰をまっすぐに伸ばそうとした。しかし、腰はどうあっても伸びてくれない。無理に身を起こすと、背骨に激痛が走る。

そのときだった。

「まずい！」声があがった。

「誰かくる」

ジョウの左右で足音が反響した。囚人たちがばらばらと逃げだしていく。その気配が感じとれる。ジョウも、この場を離れたい。が、どちらに行っていいのかわからない。前かがみのままでは、囚人たちがどこに向かったのかを見てとることは不可能だ。

「ジョウ！」

ふいに名前を呼ばれた。甲高い女の声だった。

「ジョウ」

その声は。

アルフィン。

ジョウは思いきり腰に力を入れた。腰はめりめりと音を立て、骨が裂けるような痛みとともにぐいと伸びた。

まっすぐに立ち、ジョウは正面を見る。

アルフィンがいた。目の前だった。アルフィンは涙を瞳いっぱいに溜め、唇を強く噛みしめてジョウを凝視している。

「ジョウ」

わっと泣きだし、アルフィンはジョウの胸に勢いよく飛びこんだ。そのままジョウの胸に顔を埋ずめ、両手でしがみつく。ジョウは必死で足をふんばり、バランスを保とうとした。アルフィンへの思いとは裏腹に、顔が苦痛で歪んだ。

「離れなさい。アルフィン！　ジョウは重傷を負ってるわ」

また女の声がした。凜《りん》とした口調だが、声そのものは舌足らずで、幼い。

ジョウは首をめぐらした。目で、声の主を探した。数メートルほど先に、その姿があった。

それは、七、八歳くらいにしか見えない、愛らしい少女であった。


「大丈夫？　歩ける？」

アルフィンがしきりに尋ねる。顔を真っ赤に染め、ジョウの体重を全身で支えている。

「気がゆるんでしまった」ジョウはつらそうに言った。

「立っているのがやっとって感じだな」

アルフィンとは逆に、貧血状態のジョウの顔色はひどく白い。腕にも足にも、力が入っていない。鎖はソニアがテレキネシスで切断した。

「だが、ぐずぐずはしていられない」ジョウは歯を食いしばり、足を前後に動かそうとした。

「見張りの連中がきたら、おしまいだ」

「安心して」

とつぜんソニアが言った。一瞬だったが、ソニアは姿を消していた。それがまた、いつの間にかジョウの横に戻ってきている。

「もう見張りはこないわよ」ソニアは言葉をつづける。

「みんな精神凍結しちゃった。だから、しばらく目を覚まさない。そう。二百年くらいは眠っているはず」

「なるほど」ジョウはソニアを見た。

「きみもエスパーだったのか」

「ええ、アルフィンと一緒にここへきたの」

ソニアはいたずらっぽく笑った。どうやら、ジョウのことが気に入ったらしい。

「ソニア」アルフィンが、すがるような声で言った。

「ジョウの傷、癒《いや》せない？　シールドを使って、なんとかするとか。このままじゃ、ジョウが倒れちゃう」

「わかってるわ。アルフィン」ソニアはアルフィンの手を把《と》った。

「でも、シールドで補うには、傷が重すぎる」

「じゃあ？」

アルフィンは固く握りしめた右手で自分の口もとを覆った。目が涙でいっぱいになる。

ソニアはあわてて言を継いだ。

「細胞賦活《ふかつ》を、やってみるわ」

「細胞賦活？」

アルフィンは怪訝《けげん》な表情をつくった。

「テレキネシスの応用よ。一般的にはヒーリングという言葉で知られている。傷ついた細胞に力を与えて、組織の再生を加速するって方法。まだ、やったことはないけど、原理はわかるから、あたしにもできると思う。ううん、きっとできるわ」

「なんでもいい」横からジョウが言った。

「やれることは全部やってくれ。何をしても、いまよりも悪化することはない。――いや、死ぬってケースがあったな」

ジョウの呼吸が少し荒くなった。

「だめ。ジョウ！」アルフィンが叫んだ。

「ジョウが死ぬなんて、そんなの許さない」

「心配しないで、アルフィン」ソニアがなだめた。八歳と十七歳の立場が、完全に逆転している。

「死ぬなんてことは絶対にない」

「本当ね？」

「約束するわ。それよりも、ジョウを地面にすわらせてちょうだい。立ったままじゃ手が届かないの」

アルフィンに手を借りてジョウが膝を折り、腰を降ろした。うずくまるようにすわりこんだ。

「後頭部からやってみる」

ソニアはジョウの頭に、てのひらをかざした。傷口を覆うように指を広げ、念を凝らす。と、そこを中心にして、ジョウのからだ全体に痺れるような感覚が広がった。ジョウは目を閉じ、その心地よい感覚に身を委《ゆだ》ねた。

「つぎは肩」

五分ほど過ぎたところで、ソニアはてのひらの位置を変えた。両の手を左右の肩の傷口上方に置いた。全身の麻痺感覚がさらに強くなった。ジョウの口から「うーん」という声が小さく漏れた。

「両方の手」

今度は五分ほど、ジョウの手を握った。てのひらとてのひらをやさしく重ね合わせ、軽く指をからませる。

「最後は膝ね」

ソニアは手を離し、ジョウの正面へとまわった。膝の傷はとくに深い。そこは十分ほど、てのひらをかざした。他の傷口の倍の時間を費《つい》やした。

「終わったわ」

はあはあと肩で息をしながら、ソニアが言った。額には、汗が玉のように噴きだしている。表情に疲労の色が濃い。かなり体力を消耗《しょうもう》したようだ。精神はおとなびていても、肉体はまだ八歳の少女である。持久力はけっして高くない。

「とりあえず、傷口はふさいだし、痛みもやわらげておいたわ」かすれた声で、ソニアは言った。

「完治するまでにはあと二、三十時間くらいかかると思うけど、普通に動くだけならもう問題ないんじゃないかしら。少なくとも、痛くはないはずよ」

「そうだな」ジョウはうなずいた。

「たしかに楽になっている。ただ、全身が何かこう、ぼおっとした感じだ。他人のからだの中に、自分の意識があるっていうか」

「痛み止めに、神経の一部を麻痺させてあるの。そのせいだと思うわ。でも、行動には影響なし。ためしに立ってみるといいわ」

「ああ」

ジョウは立ちあがった。するりと足が伸びた。膝も腰も、なんともない。苦痛や硬直は、嘘のように消滅していた。

「こいつはすごい」ジョウは目を瞠《みは》った。

「テレキネシス、悪くないぜ。最高にいい」

「あそこに、小さな倉庫があるわ」ソニアが洞窟の一角を指差した。

「その中に、あなたのクラッシュジャケットがある。見張りを眠らせたときに、心も読んだの」

「うれしい情報だ」ジョウの顔が、大きくほころんだ。

「すぐに着替えてくる。こんな恰好でふたりのレディの前にいるのが、心苦しかったんだ」

「嘘ばっかり」

アルフィンがジョウの背中をぴしゃりと叩いた。三人は声をあげて笑った。

「三分だけ、待っててくれ」

倉庫に向かおうとして、ジョウはきびすを返した。その足が、ふと止まった。ジョウはソニアを振り返った。

「忘れてた。鎖を……」

「わかってるわ。ジョウ。あなたを助けてくれた囚人たちの鎖でしょ。ちゃんと、みんな切っておく」

「驚いた」ジョウは肩をすくめた。

「説明する手間がはぶけてしまう」

「テレキネシスだけでなく」微笑を浮かべ、ソニアは言った。

「テレパシーも最高にいいのよ」

2

ジョウは倉庫へと進んだ。その足どりが、いかにも軽やかだ。重傷を負い、ついさっきまで生命すら危うかった身とは、とても思えない。

「タフな人」薄く微笑み、ソニアはアルフィンに向き直った。

「あたしたちは鍛冶屋《かじや》の真似事よ」

工事現場の隅に集まり、ふたりの様子をうかがっている囚人たちを示した。

「あのう」アルフィンがおずおずと口をひらいた。頬が赤い。

「その前に、個人的なことでひとつだけ訊きたいことがあるんだけど」

「だめよ。アルフィン」ソニアはぴしゃりと応じた。

「それはプライバシーなの。他人に頼っちゃだめ」

「だって……」

アルフィンは身をよじった。

「だっても何も、ジョウがあなたのことをどう思ってるかなんて、直接、自分で訊けばいいことでしょ」

「そんなぁ」アルフィンは唇をとがらせた。

「それとなく訊くと、ジョウはいつも話題をそらしちゃうのよ」

「だったら、それとなくじゃなくて、はっきり訊くのがいいわ」

「いじわるぅ」

アルフィンは手足をじたばたと振りまわした。それができるのなら、とっくにやっている。

ソニアは肩をすくめ、きびすを返した。アルフィンにはかまわず、囚人たちのもとへと歩きだした。

「ばか」

アルフィンは地べたにすわりこみ、悪態をついた。

囚人は全部で三十一人いた。

テレキネシスで鎖を断ち切るのは簡単な作業だったが、これだけの人数となると、それなりに時間がかかる。十人めにかかったころ、すねてふてくされていたアルフィンが、ソニアの横にやってきた。興味津々《しんしん》という表情で、ソニアの手もとを覗きこむ。

「この人たち、何ものなの？」

アルフィンは、ソニアの耳に唇を寄せ、小声で囁いた。

――八人が、アスタロッチに逆らったエスパー。四人が連合宇宙軍の情報部員。あとの十九人は、対エスパー同盟に雇われたスパイ。

答は思考で返ってきた。考えてみれば、アルフィンもわざわざ口にだして言うことはなかった。

――ここって、エスパーだけの星でしょ。なのに、情報部員や対エスパー同盟の人なんかもいたんだ。

さっそく、アルフィンは思考で言葉をつづけた。

――同盟の人じゃないわ。

ソニアはかぶりを振った。

――金で雇われた私立探偵たちよ。この人たちは同盟のことを何も知らない。だから、テレパスに心を探られても情報を漏らす心配がないということで同盟が利用したの。

――よく生きてたわね。

——何かのときに使おうと、教団は思っていたみたい。連合宇宙軍相手なら、民間人の人質は有効なカードになるわ。

——クラッシャーがいなくてよかった。

アルフィンは安堵《あんど》のため息をついた。

最後のひとりの鎖をソニアが切った。ソニアは囚人たちに向かい、口をひらいて言った。

「あたしにできることは、ここまでです。カインから脱出する手段は、あたしたちにもありません。あとは各自のやり方で逃げてください。幸運を祈ります」

三十一人はいっせいにうなずき、短く礼を言って、左右に散った。何人かがグループをつくり、思い思いの方角に分かれて、去った。テレパスが何百人もひそんでいる洞窟だ。八人のエスパーもみなテレパスだが、その能力は極めて低い。シールドしても簡単に破られるレベルだ。逃げきることはできない。そうソニアは思った。

と。

「おかしいわ」

アルフィンがつぶやいた。

「何が?」

ソニアはアルフィンを見た。

「ジョウが帰ってこない」アルフィンは言った。

「三分だなんて言ってたのに、嘘ばっかり」

「いやな予感がする」ソニアの表情が曇った。

「ジョウの意識を感知できない」

「！」

「透視してみるわ」

ソニアは倉庫のほうに視線を向け、その瞳を凝らした。傷が悪化して気を失っている可能性がある。あるいは――。

「いない！」ソニアが叫ぶように言った。

「ジョウが、どこにもいない」

「なんですって？」

アルフィンの顔色が変わった。

「倉庫の中にクラッシュジャケットがない」ソニアは言う。

「かわりに、血まみれのズボンが落ちている。間違いないわ。ジョウは着替えを終えた。でも、その姿がない」

「どういうこと？」

「待って」

ソニアは目を閉じてうつむき、額に手をあてた。念を集中する。すさまじい意識集中だ。頰が見る間に赤く染まり、呼吸が荒くなっていく。

そして。

勢いよくおもてをあげた。

「やられた!」悲鳴にも似た声を発した。表情が硬い。

「サイコ・フォース・デストロイヤー発射に加わった直後でも、虚脱状態に陥らなかった強力なエスパーがいた。そいつがジョウに暗示をかけた」

「暗示?」

「ジョウを洞窟の奥へと誘導しているわ」

「そのエスパーって」

「そう」ソニアはうなずいた。

「アスタロッチよ。そんな強力なエスパーは、ひとりしかいない」

どうして倉庫から離れてしまったのか、ジョウにはわからなかった。

気がついたら、洞窟の奥に向かっていた。が、それをとりたてて奇妙なことは思わなかった。むしろ、当然のような気がしていた。

ジョウは、行かねばならない。

だが、どこへ？　いったい、なんのために？

ときおり、ジョウは自問した。すると、そのつど、どこからか耳慣れぬ声が響いてきた。声は強い口調で、ジョウの疑問を打ち消した。

何も考えるな。ひたすら進め。足を運べ。

言われるがままに、ジョウは進んだ。

いつの間にか、何本もの枝道を抜けていた。気がつくと、あの全長一万キロに達する大洞窟に足を踏み入れている。

直径二十メートルほどの洞窟だった。ただ掘り抜いただけという感じで、設備のたぐいは、何も施されていない。あるとすれば、ところどころ天井に張られている発光パネルくらいのものだ。数が少ないから、光量が低い。ジョウの足もとをほのかに明るくしている。でこぼこした岩盤剥きだしの道だ。それが、どこまでもえんえんとつづく。

二時間が過ぎた。

洞窟が少しずつ明るくなってきた。

頭上を振り仰ぐと、洞窟の壁を覆う発光パネルの数が増していることがわかった。直感的に、ジョウは目的地が近いと判断した。しかし、目的地とは、そもそもどこのことなのだ？

やがて、壁に突きあたった。

なんの変哲もない、ただの金属の壁だった。ジョウは右手で、その表面にそっと触れてみた。ぞっとするような冷たさを指先に感じた。あわてて一歩、後方に退った。

壁が動く。

ジョウは身構えた。壁が音もなく、ゆっくりと右にスライドしていく。その向こう側に、白い部屋が広がった。

部屋。

たしかにそうだ。壁が白い。床が白い。天井が白い。すべてが純白だ。そして、中央に白いベッドがひとつ、ぽつねんと置かれている。ほかには家具もコンソールデスクも、何もない。ただ、ひたすらに白いだけのがらんとした部屋である。

ベッドの脇に、ひとりの少年がいた。

真紅のスペースジャケットを着た、金髪の少年だった。床にひざまずき、ベッドに顔を埋ずめている。背中が小刻みに震えているところをみると、どうやら泣いているらしい。

ジョウはその部屋に踏みこんだ。

かつーんと響く硬い音が、部屋の空気を瞬時、乱した。

少年がびくっと背すじを震わせ、顔をあげた。静かに、背後を振り返った。

ジョウと目が合う。涙にしっとりと濡れたコバルトの瞳が、ジョウの顔をまっすぐに見据えた。

「クリス」

その名を口にし、ジョウは言葉を失った。

からだが動かない。足も腕も、首も。まるで凍りついたように動かない。テレキネシスによる金縛りとは違う。強い衝撃だ。その衝撃が、ジョウの肉体を凝固させた。

〝美〟と呼ばれる魔物。その魔物の持つ雷《いかずち》に似た激しい衝撃。それがジョウを縛ったものの正体だ。

エイムズが持ちこんだ、あの立体写真はクリスの姿を正確に伝えてはいなかった。ジョウは、あのまがいものを見て美しいと思ったことを恥じた。あれを美しいと認めてしまったら、いま、眼前にいるこの少年をなんと表現すればいい？

クリスは、天使のように美しい少年ではなかった。

かれは、天使そのものだった。

美貌の少年は、つと立ちあがった。

ジョウは、その表情《かお》に怯えの色が浮かんでいるのに気がついた。無理もない。長い間、監禁されているところへ、とつぜん見知らぬ人間が踏みこんできたのだ。誰であろうと怯える。恐怖し、畏《おそ》れを感じる。

「怖がることはない」衝撃の呪縛から、ようようのことで脱し、ジョウは両の手を前に差しだした。

「クリスだろ、きみは。俺はクラッシャージョウだ。きみの両親から頼まれ、救出にきた。いま、ここから助けだす」

「………」

クリスは答えなかった。無言のまま、首を二、三度、横に振った。ジョウははっとして、反射的に手を引いた。まぶしいような挙措《きょそ》だ。その顔から、怯えの色はまったく消えていない。が、その怖《お》じけた表情までもが、ひどくなまめかしい。

「おいで、クリス」ジョウはいま一度、手を伸ばした。

「一緒に、バロアへ帰ろう」

ジョウはそろそろと前に進んだ。それに合わせて、クリスはじりじりとあとじさっていく。

「やめて」

クリスが言った。必死の形相だ。よく通る、透明な声がジョウの耳朶《じだ》を打った。

「こないで。あっちへ行って!」

クリスが手を振る。

やむなくジョウは、その場に立ち止まった。

「俺を信じろ」強い声で言った。

「俺は敵ではない。味方だ。きみを助けにきた」

「嘘だ！」クリスが言葉を返した。

「だまされない。おまえはぼくを殺そうとしている。生贄に使い、首を刎《は》ねる気だ。その場所に、ぼくを連れていく」

「違う！」ジョウは大声で叫んだ。

「俺をよく見ろ。俺は暗黒邪神教の人間じゃない」

「嘘だ」

クリスは、もう一度言った。しかし、その言葉は、先ほどのそれよりもはるかに弱い。消え入りそうなつぶやき声になった。

「信じてくれ」ジョウは再び、クリスに向かって歩きはじめた。

「俺はクラッシャー。何があっても、きみを守る」

クリスの顔から、怯えの色が消えようとしていた。

3

「クリス」ジョウは、さらに大きく右手を伸ばした。

「バロアに帰ろう。きみの家に帰ろう」

「本当に？」クリスは、ためらいを見せながらも半歩ほど前にでた。

「本当に帰れるの？」

「本当だ」

ジョウは力強くうなずいてみせた。ふたりの距離はもう一メートルとない。

「本当なんだね」

自分に言い聞かせるように念を押しながら、クリスはジョウに向かい、おずおずと自分の左腕を差しだした。

「帰ろう。バロアに」

ジョウは重ねて言った。ふたりの指と指が、いまにも触れ合おうというところまできた。

——だめ。ジョウ！

ふいにジョウの頭の中で、轟音のように大声が炸裂《さくれつ》した。むろん、それは声ではない。ソニアの強烈な思考だ。

「うあっ！」

悲鳴をあげ、ジョウは頭を抱えた。眼前で放射状に星が散る。

——その子にさわっちゃだめ！

ソニアが叫ぶ。

――暗黒邪神教のロボットにされてしまうわ。そうするために、その子はあなたを呼んだ。

「何を言っている。ソニア」

苦痛に耐え、ジョウは絞りだすように声を発した。思考だけで返答することなど、思いもよらない。

――クリスを見て。

ソニアが言った。ジョウは両手で頭を押さえたまま、クリスに目をやった。クリスはうろたえて、あたりをきょろきょろと見まわしている。

――かれの思考を中継するわ。

思考の〝声〟が変わった。太い、男の声になった。

――ソニア。きさまはソニアだな。やはり、裏切っていたのか。

――なんだこれは？

ジョウは愕然とし、思考でつぶやいた。

すると。

――ほう。思考中継をしているのか。

クリスがジョウに向き直った。落ち着きを取り戻し、まっすぐにジョウを見つめた。

――ついさっき、わたしの力で一人前になったばかりのくせに、ずいぶんしゃれたマネをしてくれるな。ソニア。

——こいつは、クリスじゃないのか？

ジョウがうろたえた。目の前の美少年が、いきなり別人に変貌した。だが、外見に変わりはない。

——いいえ、クリスよ。そして、アスタロッチでもある。

——どういうことだ？

ジョウは混乱した。もう、何がなんだか、さっぱりわからない。

——クリスはね、ジョウ。アスタロッチの生まれ変わりなの。リインカネーション。聞いたことがあるでしょ。

——リインカネーション？

ジョウはあらためてクリスを凝視した。

クリスはにっこりと微笑んでいた。天使が笑うとすれば、こんな表情になるのだろう。ジョウは、そう思った。それほどにそれは美しく、高貴な笑顔だった。

——違うわ。クリスは天使なんかじゃない。かれこそが悪魔。かれこそがすべての邪悪の根元よ。

ソニアがジョウの思考を強く否定した。そこへ、またあの太い声が割りこんできた。

——その程度にしておきたまえ。

知らず悪寒《おかん》をおぼえるほどに冷酷な響きを持った意識の声だった。

クリスである。

——ソニアの助けがあったとはいえ、あの拷問に耐えぬいたクラッシャージョウに敬意を表し、わたしが事の真相を語ってやる。それが礼儀というものだ。

クリスは言った。そのあとに、けたたましい思考の笑い声がつづいた。

そして。

クリスの体験がジョウの精神の中へと、怒濤《どとう》のごとく流入してきた。

アスタロッチが自分の能力に気がついたのは、三十一歳のことであった。

実験中の事故で頭部に重傷を負い、それが治癒《ちゆ》して半年後に退院した。それから三か月が過ぎた。深夜、書斎の端末で報告書のチェックをしていたアスタロッチは、魂消《たまぎ》るような妻の悲鳴を聞いた。

最初は空耳かと思った。

妻は所用があって数百キロ離れた友人の家にエアカーで行っていた。その妻の声が、アスタロッチの耳に届くはずがない。家にいるのはアスタロッチただひとりだ。在宅していない妻の悲鳴を、かれが書斎で聞くなどということは絶対にありえない。

しかし。

悲鳴は一度では終わらなかった。二度めの悲鳴が甲高く響き渡った。さすがにアスタロッチはうろたえた。動揺し、周囲を見まわした。妻の声は悲鳴だけでなく、具体的な内容を持った言葉を伴っていた。

助けて、あなた。エアカーがゴームのバイパスで……。痛い！　苦しい！　あなた。早く。助けにきて！

声は、そう言っていた。

理性が、これは幻聴だと叫んでいた。が、感情が理性に抵抗した。アスタロッチはテレパシーという現象を知っていた。虫の知らせという古い言葉もあった。

理性と感情の格闘は数十秒で決着がついた。勝ったのは、感情だった。たしかめにいくべきだと感情は言った。無駄足に終わっても、それはそれでいい。少し時間を浪費するだけのことだ。

アスタロッチはエアバイクを駆り、ゴームのバイパスへと向かった。

三十分後。アスタロッチはそこで、無惨につぶれたエアカーと、その中で圧死している妻の死体を発見した。帰る途中でエアカーのノズルが故障し、暴走してセンターディフェンスに激突したことが、すぐにわかった。

その日から。

アスタロッチは、ことあるごとに声なき悲鳴を聞くようになった。

科学者であったアスタロッチは、この現象を論理的に解明しようとした。サンプルを集め、解析して共通項を見出していく。

結果がでた。声なき悲鳴は、間違いなく存在していた。それは死にいく者の心の叫びであった。アスタロッチは、テレパスのごく初期段階にある。目覚めかけている能力。だが、まだ未熟で、完全に制御できていない。

エスパーは大きく分けると、二種類に分類できた。先天的なエスパーと後天的なエスパーだ。この比率は、銀河連合の調査では、ほぼ六対四となっていた。しかし、アスタロッチは後天的なエスパーであっても、とくになんのきっかけもなく、とつぜん超能力を持つようになったケースを休眠性エスパーと呼び、先天的エスパーのカテゴリーに加えた。この考え方によれば、先の比率は九十九対一よりも差がひらく。

つまり、エスパーの大部分は先天的に、その能力を有しているということだ。ひじょうに稀《まれ》な後天的エスパー。その中でも、アスタロッチのように、頭部の怪我で能力が顕現《けんげん》した例はことさらに珍しかった。そもそも頭部に重傷を負うことがそれほど多いわけではない。また、ほとんどの場合、そういう怪我を負った者はアスタロッチのように助かることなく、死に至ってしまう。アスタロッチは、稀有《けう》な中の稀有な例であるといえた。

では、後天的エスパーの大部分はどういうことによって能力を得たのか？

訓練である。精神の訓練によって人はエスパーになっていた。ヨーガ、禅、密教。この三つがエスパーを生みだす基本的な修養法である。ほかにもいくつかメソッドが存在していたが、この三者は特別だ。どれもがインド哲学を源流にし、メディテイションがその修養の根幹をなしている。エスパーはどこまでも精神の問題であり、現代の科学とは、別次元の位置に立っていた。アスタロッチは、そのことを悟った。

一転し、アスタロッチはインド哲学と仏教を学びはじめた。これが後年、かれをして転生の理論へと導く要因となった。ただし、それはまだ後のことである。アスタロッチがインド哲学と仏教に手を染めたのは、ただ単に、より強力なエスパーになりたかっただけであった。

修行は、アスタロッチの能力にはっきりとした効果をもたらした。

悲鳴のような特定時の思考だけでなく、日常の思考もある程度のレベルまで読めるようになった。小さな石ころを数センチ持ちあげられるほどの、ささやかなテレキネシス能力も身についた。しかし、いくら進歩したといっても、そこは後天的エスパーである。先天的エスパーの驚異的な能力とは比ぶるべくもなかった。

二一三一年。妻の死から一年後、カインは地球連邦から独立し、惑星国家となった。

アスタロッチは人に勧められて立候補し、密かにテレパシーを利用して初代大統領に就任した。

大統領になったアスタロッチが公式におこなった最初の仕事は、妻の生命を奪ったエアカーの追放だった。そして、非公式におこなったのが惑星カインにおける全エスパーの実態調査であった。公式の仕事はべつとして、非公式のほうは超能力を研究しはじめたときに知り合った十数人のエスパーたちが力を貸した。が、月ごとに届けられる調査組織からの報告はアスタロッチの心を急速に暗くした。

エスパーの数が予想よりも少なかったからではない。そんなことは最初から覚悟していた。かれの胸を痛めたのは、エスパーたちの境遇だった。疎《うと》まれ、蔑《さげす》まれて生きるエスパーたち。とくにテレパスの立場はみじめだった。多くのエスパーはエスパーであることをひた隠しにして、忍従の日々をただじっと送っていた。人の心を読むテレパスは、一般の人びとから激しく嫌われる。かれらはプライバシーの侵略者だ。その存在を容認する人間などひとりもいない。

一方。

エスパー調査の陰惨な内容とは裏腹に、アスタロッチの本業である大統領としての評価は日を追うごとに高まっていった。順風満帆《まんぱん》である。人の心の機微を鋭く読み、てきぱきと行政に反映していくアスタロッチの手腕は広く国民の支持を集めた。誰もがかれを名大統領と褒め称え、懸案となっていたエアカー追放も、人心を刺激しない形で成功を収めようとしていた。

表向きには、なんの憂いもないアスタロッチ大統領である。多くの人びとが、かれをそのように見ていた。

二一三五年に至り、アスタロッチは地下宗教団体、暗黒邪神教をひっそりと設立した。カインだけでなく、銀河系全域から独自のネットワークを通じてエスパーを求め、エスパーの大同団結をはかった。エスパーが人類に敵対するものではないことを啓蒙する。それが、暗黒邪神教の設立目的であった。だが、このころすでにアスタロッチの胸中には、いつの日にか人類を駆逐《くちく》し、みずからが新人類の指導者となって銀河系を制覇するという野望が大きく育っていた。

とはいえ、その野望には重大な欠陥があった。

能力である。

アスタロッチは、全エスパーの指導者となるには、あまりにもその能力が貧弱だった。一般人の間でこそ超能力を生かして、稀有の行政手腕を揮《ふる》っていられたが、その力も、エスパーの集団の中に入れば、凡庸《ぼんよう》以下のものでしかない。つまりはただの人だ。とても、暗黒邪神教という組織の領袖《りょうしゅう》はつとまらない。

なんとしても、より強力なエスパーになる。

それが当時のアスタロッチの、絶対に譲れない悲願であった。

4

強いエスパーへの道。

必死になって、そこに至る手段を求めたアスタロッチは、その解答を仏教の中に発見した。

転生である。

転生はけっして仏教に特有な思想ではない。しかし、仏教、とくにその一派であるチベット密教において、もっとも体系化されていた。六年前、連日のように仏典を読みあさっていたアスタロッチは、一冊の経本の中につぎのような一節が書かれているのを知った。

「輪廻転生は『思』、つまり意志によって惹起《じゃっき》される」

これはひとつの福音だった。もしも、転生が可能ならば、アスタロッチは強力なパワーを有する先天的エスパーになることができる。さらには、生まれ変わった後に、いま現在持っている後天的能力を先天的能力に付加することもできる。

さっそく、アスタロッチは転生をもたらす意志とは何かを調べた。メディテイションによる幽体離脱。それが、その結論となった。だが、高度な能力を有していないテレパスにそれができるかどうかはわからない。かれはよりいっそうの修行に励んだ。瞑想を深め、意志を純粋化させる。そして、意識を肉体と分離する。そういう修行だ。

アスタロッチが教団員から、対エスパー同盟と呼ばれる組織が結成されたという話を聞いたのは、二一四七年のことであった。

もはや一刻の猶予《ゆうよ》もならない。

人類は、エスパーをかれらの敵と認定した。ついに、全エスパーの総力をあげて人類と闘うときがきた。アスタロッチはそう思った。幸いなことに、幽体離脱のめどもつくようになっていた。生まれ変わって、史上最強のエスパーとなり、かれの軍団を率いて人類に最終決戦を挑む。

まずは、死ぬ日を決めなくてはならなかった。一度、死ぬことにより、転生は成立する。

アスタロッチは四年後のカイン建国二十周年祭の日をそのときとした。四年という時間は、対エスパー同盟ができたいま、エスパーたちにとってはあまりにも長く、危険な日々だ。が、アスタロッチにしてみれば、どうしてもそれだけの時が要る。リインカネーションを完璧なものとするには、まだ少し修行が足りない。

準備を開始した。最初にやったのは、アスタロッチがエスパーであることを知る者のリストアップであった。かれは立場上、何人かの一般人類に、自分がエスパーだと伝えていた。エスパーの数は少ない。暗黒邪神教の運営のためには非エスパーの力も借りなければならなかった。その数は百人のオーダーではなかったが、何十人かにはのぼっていた。

暗黒邪神教をいったん解散し、後のより強力な再結成を完全なものにしようとするならば、かれらをすべて抹殺しなければならない。それはむずかしい問題であった。人の口は軽い。カインの大統領がエスパーだと知っている人間がどこにどれだけいるか、それをいちいち調べることは、いかにテレパスでも不可能だ。といって、ひとりでも討ちもらしたら、後世に禍根《かこん》を残す。

アスタロッチは、もっとも合理的な手段をとることにした。

自分の死に、カインの全国民を道連れにする。そういう手段だ。四年あれば、その準備も間違いなくできる。

アスタロッチはこの計画を実行した。

燃えさかる炎の中で幽体離脱したアスタロッチは、エスパーとして稀有《けう》な素質を秘めた胎児を求めて銀河系をさすらい、死んでから十三日めに、とある胎児の中にその意識を移した。

胎児はやがてこの世に生まれでて、クリスと名づけられた。

クリスはすくすくと育ち、十年の歳月が流れた。アスタロッチの意識は封じこめられ、クリスはクリスとして成長した。

ある日のこと。

クリスは友人に借りたノートに、自分でも気づかないまま、悪魔の紋章を描いた。それがきっかけになった。クリスはアスタロッチの記憶を取り戻した。そして、同時に、史上最強のエスパーとなった。クリスの人格が消え、稀代の美少年は暗黒邪神教の最高神官であるアスタロッチとして、この世に甦った。

意識を戻したアスタロッチは、強力なテレパシーを用いて全銀河系のめぼしいエスパーを惑星シクルナに集めた。その上で、自身は宇宙船〈スピカ〉に乗り、とつぜんの失踪という形をとって、カインに向かった。焼けただれ、変わりはてた姿となった惑星カイン。そこには、この十年間、アスタロッチの遺言に従って深い洞窟を掘りつづけているエスパーたちがいた。

二一六一年。

暗黒邪神教は、ここに表舞台へと姿をあらわした。

――あのとき、友人がノートを持って乗ったかどうかをたしかめることなく宇宙船を爆破したのが、わたしが犯した最大の失敗だった。

クリスは言う。

——あとで、そのことに気がつき、あわてて悪魔の紋章自体に念をかけて焼いたが、それは手遅れだった。このミスがもとでクラッシャージョウ、きみのようにこうるさいやつをカインに呼びこむことになってしまった。おまけに、わたしがもっとも頼みとしていたソニアまで奪いとられた。リインカネーションがあまりにもうまくいったので、うかつにもわたしは有頂天になってしまっていたらしい。しかし、失敗はこれで終わりだ。もう過ちは犯さない。対エスパー同盟はほぼ潰滅《かいめつ》状態に追いこんだ。クラッシャージョウの問題も、ほどなく片づく。となれば、あとは無能な人類どもを滅ぼすだけだ。それで、わたしの悲願は成就する。

——恐ろしいやつだ。

ジョウは、燃えるまなざしでクリスを睨みつけた。

——人類でもなければ、エスパーでもない。おまえはただの化物だ!

——ふっ。

クリスは笑った。ジョウの言葉を平然と受け流した。

——なんとでも言え。わたしはかけらも痛痒《つうよう》を感じない。それより、どうかね、クラッシャージョウ。ひとつ取り引きをしてみる気はないか?

——取り引き?

——そうだ。わたしがきみに手を引いてもらえる条件をだそう。きみがそれを呑んでくれれば、わたしはきみとの無用の戦いを避けることができる。

――クラッシャーだからといって、金は役に立たない。

――それは承知の上だ。わたしはもっと現実的な条件をだす。このふたりを知っているか？

ふいに映像が浮かんだ。ジョウの意識の中だ。精神の視野全体に、ふたりの男女の姿が出現した。クリスが、その映像をジョウの脳内に直接、送りこんできた。男は四十代前半。女性のほうは三十二、三歳くらいだろうか。どちらにも、高い品性が感じられる。身につけている衣服も、かなりの高級品だ。おそらくは夫婦であろう。雰囲気で、それがわかる。そして、なぜかふたりとも、表情が暗い。顔に、はっきりとやつれの翳《かげ》がある。ソファにぐったりとからだを埋ずめ、ともにじっと物思いにふけっている。

――これは、わたしの両親と呼ばれている連中だ。

冷ややかな声で、クリスが言った。

――アトキンス参謀次官にその妻のハンナ。顔を見るのははじめてだろう。

――そうだ。

――かれらはきみに何を依頼した？

――クリスをふたりのもとに連れ戻すこと。それだけだ。

――では、連れ戻す先がなくなれば、きみの仕事は実行不能に陥るな。

——どういう意味だ。

ジョウの思考が大きく乱れた。

——こういうことだよ。

クリスは指を鳴らした。

いきなり、ハンナが倒れた。胸を押さえ、強い力で弾かれたかのようにソファの上で小さく飛びあがり、そのままくずおれた。二、三度、全身が痙攣する。床の上にずるずると滑り落ちていく。それを見て、アトキンスが立ちあがった。立ちあがるのと同時に、肉体が硬直した。ハンナがそうしたように左胸を両手で押さえ、直立した状態でうしろに向かい、昏倒した。後頭部から、激しく床に叩きつけられる。足が上下にばたつく。

ややあって。

ふたりの動きが完全に止まった。ぴくりとも動かなくなった。

——心臓麻痺だ。

クリスが言を継いだ。

——不幸なことに、いまわたしの両親は急病で生命を断たれた。これで、きみは仕事の依頼人を失った。仕事を遂行《すいこう》する必要がなくなった。もう何もしなくてもいい。このままここから去りたまえ。わたしはきみとソニアを害さない。

——きさま！

ジョウの形相《ぎょうそう》が変わった。目が吊りあがり、歯を剝きだした。それは、いまにもクリスめがけて飛びかかろうとしている猛獣の顔だ。

――人殺し！　悪魔！

とつぜん、ソニアのヒステリックな思考がふたりの間に割って入った。強烈な忿怒《ふんぬ》の思考だった。燃えさかる炎に似ている。

――そのとおりだ。

ジョウも言った。

――仕事も金も、いっさい関係ない。俺は俺個人の意志として、おまえを絞め殺す。

――やれやれ。

クリスは両腕を左右にひろげた。

――そういうことなら、取り引きは不成立だ。絞め殺す。いいだろう。そうしたまえ。

にっと笑い、クリスは右手を正面に向けた。人差指をまっすぐに突きだす。その指が狙っているのは、ジョウの首すじだ。

――きみが動いた瞬間に、頸動脈を引きちぎる。

――おもしろい。

ジョウは腰をわずかに落とし、身構えた。

――頸動脈を切断されたくらいでは、俺の突進は止まらない。何があっても、おまえを仕留める。

ふたりは数メートルの間合いを置き、互いに睨み合った。

と。

ジョウのからだが、ふっと沈んだ。足が強く床を蹴った。ダッシュする。一気にクリスのもとへと迫る。

クリスの念がジョウに向かって飛んだ。そのすさまじい力が、ジョウの首に集中した。

ジョウの上半身が一瞬、びくんと震える。しかし、その勢いに変化はない。スピードを落とすことなく、距離を詰めた。

クリスははっとなった。反射的にその攻撃をかわそうとした。だが、間に合わない。

ジョウの両手がクリスの首にかかろうとする。クリスはありったけの念を振り絞り、ジョウの肉体を突き飛ばした。ジョウは宙を舞い、もんどりうって仰向けに倒れた。

——ソニアのシールドか。

はあはあと肩で息をしながら、クリスは言った。よほど怯えたのだろう。頬から血の気が失せた。

——こざかしいまねを。

あらたな念をクリスは凝《こ》らした。ジョウのからだが浮き、再び床に落下する。つづいてもう一撃。また、からだが浮く。

そのときだった。ジョウの指から、何かがクリスめがけて飛んだ。クリスは体をかわし、間一髪これをよけた。その何かは床に転がった。

炎が噴出する。ジョウの投じた何かが発火した。クリスの足もとだ。クリスはうろたえ、ステップを踏むように横へと身を移した。その移した場所で、また新しい炎があがった。ジョウがアートフラッシュを連続して投げている。つるべ撃ちならぬ、つるべ投げだ。

クリスの全身が炎に包まれた。猛烈な火勢だ。輪郭が見えなくなった。

――やってくれたな。

せせら笑うような、あるいは油断したことをくやしがっているような、判然としない感情が、激しい怒りとともに思考となってジョウの意識に届いた。思考は炎の向こう側からほとばしっている。

炎がさらに大きく燃えあがった。その高さが数メートルに達した。

渦を巻く。唐突に炎が形を変えた。人為的に操作されているような動きだ。渦を巻く炎は、見る間に回転速度を増していく。大きく膨れあがり、ごうごうと音を響かせて燃えあがる。

炎の渦が割れた。

四方へ、輻《や》のように炎が飛び散った。分裂した炎の塊は、空中で方向転換する。それがジョウめがけ、いっせいに殺到した。

ジョウは思わず両腕を交差し、眼前にかざした。

炎の塊がくる。

弾かれた。ジョウに激突する直前だった。透明な壁にぶつかったかのように炎の塊が弾かれ、さらに細かく散った。炎は白い部屋全体にばらばらと落下する。落ちた炎は消えない。床を焼く。壁を焼く。そこかしこで燃えあがる。

「！」

ジョウの背すじがざわついた。ジョウは正面やや上方を見つめていた。

そこにクリスがいる。宙空にふわりと浮かんでいる。

クリスは、ジョウに視線を向けていた。冷たい、氷の双眸だ。金髪がばらばらに乱れ、顔は憎しみの形相で凄惨に歪んでいる。

だが、しかし。

それでもなお、クリスは美しかった。

ため息がでるほどに、美しかった。

5

クリスは、また指をまっすぐに突きだした。

ジョウの息がぐっと詰まった。首に手をやるが、そこには何もない。存在しない手が、ジョウの首を鷲摑《わしづか》みにした。足が床から離れていく。ジョウのからだが引き揚げられる。呼吸ができない。窒息させるのか。それとも持ちあげてから、床に叩きつけるのか。いずれにせよ、こうなってはシールドでカバーすることができない。ジョウはもがくように足をばたばたさせた。意識がすうっと遠くなる。

だめか!

そう思ったときだった。いきなりクリスが不可視の力で突き飛ばされた。後方に向かってクリスはまっすぐに飛んだ。壁に激突する。クリスは自身の念で飛ぶ方向を強引に変えた。激突は免れた。が、そのためにバランスが大きく崩れた。念の集中がおろそかになり、ジョウのいましめが解けた。

ジョウは音を高く響かせ、床に落ちた。

——ぶざまな姿ね、クリス。

あけ放たれていた扉を抜けて、宙を滑るようにソニアが白い部屋へと入ってきた。

——やっときたか、ソニア。裏切り者の末路を見せてやる。

——もとより覚悟の上。でもただでは死なない。

ソニアはジョウに思考を向けた。

てちょうだい。

——ジョウ。悪いけど、ここから先はもうあなたをシールドできない。部屋の外にで
——わかった。

ジョウはうなずいた。クラッシャーとしての本能が告げていた。おとなしくソニアの言葉に従え、と。これからはじまる戦いは尋常なものではない。何も聞かなくても、それは予想がつく。そして、クリスより能力の劣るソニアが、クリスと直接対決に臨む以上、ジョウをシールドしている余裕はない。エスパー同士の戦いの中で、シールドされていない者がどうなるのかは明らかだ。

ジョウはきびすを返し、室外に身を移した。通路に立ち、部屋のほうへと向き直った。

つぎの瞬間。

室内の空間が転位した。

いきなり白い部屋が変形する。ぐにゃりとねじまがり、すべてのものが輪郭を失う。テレキネシスだ。時空を歪めた。ジョウは凝然とそのさまを見つめた。まるで夢でも見ているかのようだ。たとえて言うならば、眼前一メートルの場所にある空間だけが唐突にワープしたという感じである。それ以外に表現のしようがない。

部屋の内部《なか》が紅蓮《ぐれん》の炎に埋めつくされた。

それは、どこかの恒星の上だった。

プロミネンスが幾筋も、爆発的に跳ねあがる。紅炎は巨大な放物線を描き、落下する。宇宙生活者にしてみれば、見慣れた恒星表面の姿だ。しかし、それが手の届くような位置に存在しているとなると、話が違う。それは恐怖の光景となる。

プロミネンスがうねるように躍った。

ジョウの視野の左右に、クリスとソニアがいる。ふたりは恒星表面上で戦いの火蓋《ひぶた》を切った。武器はプロミネンス。高熱のプラズマ渦流が互いに向かって襲いかかる。

無数のプロミネンスが、連続して湧きあがった。それは方向を変え、複雑に絡み合いながら、敵を目指して突き進む。

炎が散った。四方で華々しく散った。ふたりの念が、自身に迫ったプロミネンスを弾き飛ばした。プロミネンスは間断なく両者に降りかかる。炎はつぎつぎと砕け、消滅する。

消耗戦だ。どこまで能力を維持できるかが、勝敗の分かれ目になる。力の尽きたほうが敗者だ。

これが、エスパー同士の死闘なのか。

ジョウは肌が粟立《あわだ》つのをおぼえた。いかなクラッシャーといえども、この戦いに介入することはまったくできない。不可能だ。

次元転位した。

恒星上では決着がつかなかった。膠着《こうちゃく》状態に陥り、ともに打つ手をなくした。

どちらからともなく、戦いの場を移していく。

今度は砂漠が出現した。どこまでもつづく砂の大地。その上に、ふたりが浮かんでいる。武器が細かい砂になった。エスパーの能力が、砂のつぶを操る。竜巻がいくつも生じ、それがクリスとソニアを囲んだ。武器としては地味だ。が、侮《あなど》ることはできない。直撃すれば、KZ合金といえどもぐずぐずに崩れ落ちる。それほどの力が、この砂の竜巻にはある。

再び、いくたびも攻防が繰り返された。竜巻と竜巻がぶつかり合い、砂を周囲に撒《ま》き散らす。

しかし、やはり勝負は決しなかった。ほとんど互角だ。ソニアはよく耐えている。あらん限りの力を必死で振り絞り、クリスに対抗している。

またも、場が変化した。部屋が水中に沈んだ。扉はひらかれたままだが、不思議に水は外に流れでようとしない。ジョウの正面には濃い群青色《ぐんじょういろ》の水の壁がある。ジョウは手を前にだした。指先で触れようとした。が、その直前で断念した。なんであろうと、いまソニアの気を乱すかもしれないことをするわけにはいかない。

さらに数度。

次元転位がおこなわれた。

戦いの空間は、宇宙、氷の惑星、マグマの中と、そのつど変わった。ジョウは、次元転移のたびにソニアの攻撃回数が減じていることに気がついた。シールドと攻撃は、念の分離を必要とする。攻撃をするときは、シールドの一部に穴をあけなくてはいけない。クリスよりも力に劣るソニアは、その念の分離ができなくなってきた。クリスの容赦《ようしゃ》ない攻撃に対して、シールドを張るのが精いっぱい。そういう状態に至った。ソニアは、じりじりと押されている。それは明らかだった。

雷鳴と電光が咆え狂う、原初の惑星が現出した。

転位空間を選んでいるのはクリスだ。ソニアは自分に有利な場所を、もう確保することができない。目に見えて疲れている。

電撃がソニアを打った。

——ジョウ、だめ。

ソニアの思考が届いた。弱々しい、いまにも消え入りそうな思考だった。

——ソニア！

また電撃が走る。ソニアを激しく叩く。シールドが効いていない。

ソニアのからだが揺れた。バランスが崩れた。

空間が戻った。

白い部屋に帰ってきた。純白の壁、床にかつての面影はない。あちこち灼け焦げて黒くなり、そこかしこが無惨にひび割れている。ベッドも燃えて、骨組だけの残骸になった。

部屋の中央にソニアがいた。床に倒れ伏している。ジョウの目に、その姿が映った。思考はまったく伝わってこない。

――これまでだな。

クリスはまだ宙に浮かび、立っていた。残忍な笑みを口の端に浮かべている。勝ち誇っているかのような表情だ。

ジョウはゆっくりと歩を運んだ。部屋の中へと進んだ。倒れているソニアの前にきた。視線はクリスと合わせたままだ。一度として、そらそうとはしない。

――無理だ。

冷たい口調で、クリスが言った。

――憎悪だけでは、わたしに勝てない。

――今度こそ、殺してやる。

ジョウは右腕を伸ばした。目は、まだそらしていない。ジョウは何かをしたかった。史上最強のエスパーを相手に、できることは何もない。だが、何かをしたいと思っていた。

そのとき。

クリスの顔色が変わった。とつぜんびくっと頰を震わせ、扉のほうに視線を向けた。

――誰だ!

激しく問うた。ジョウはクリスの視線を追った。と同時に、緑色のビームが螺旋を描き、クリスめがけてまばゆくほとばしった。思いもよらぬ攻撃だ。

クリスは反射的に、これをシールドでかわそうとした。ビームがクリスの眼前数センチの位置で激しく散乱した。近すぎる。ショックを吸収できない。

クリスは体勢を崩した。念が乱れ、床に落下した。ふわりと降下する。そこを狙って、今度はブラスターの火球がきた。ビーム砲の光条もそれにつづいている。

クリスは必死の形相で、これを弾いた。が、体勢を立て直せないため、防御から反撃に転じるきっかけがつかめない。シールドを維持しながら、クリスは後退した。じりじりと退った。背中が部屋の壁にあたった。もうあとがない。追いつめられた。

とどめだ、と言わんばかりに、あらたな螺旋光条が室内をグリーンの光で満たした。

命中寸前。クリスは宙に跳んだ。天井すれすれで反転し、壁を蹴った。壁が割れ、穴があいた。クリスはその穴の中に飛びこんだ。

緑色のビームがむなしく壁を灼く。

ジョウは、螺旋光条の正体を知っていた。電磁砲のビームだ。

もしや。

背後を振り返った。

すさまじい音が轟き、扉とその周辺の壁が崩壊した。何かがむりやり、白い部屋の中へと進入してくる。

最初にあらわれたのは、長い半透明の主砲だった。そのあとにつづき、その全体が姿を見せた。

ガレオンだ。〈ミネルバ〉搭載の地上装甲車。

ボディ前面のハッチが跳ねあがった。そこからアルフィンが顔をだした。その横にはリッキーの笑顔もある。

「ここにくる途中で」アルフィンは声を張りあげ、言った。

「〈ミネルバ〉のことを思いだして、ドンゴと連絡をとったの。そうしたら、いつの間にか〈ミネルバ〉にタロスとリッキーが乗っていた！」

ジョウの脇にきて、ガレオンは停まった。

かすかだったが、ソニアにはまだ息があった。

アルフィンが泣きながら、傷ついたソニアを抱きしめていた。

「ソニア」

「アルフィン」

ソニアは薄く、目をひらいた。もう、その目には光がない。

「あたしを置いて、早く逃げなきゃだめ」

かすれた声で、ソニアは言う。

「そんなこと、できるわけない！」

アルフィンは強く首を横に振った。

「でも、逃げるの。対エスパー同盟が、南極に分子爆弾を撃ちこんだ。あと一時間で、それが爆発する。クリスはもう宇宙船でカインを脱出したわ。お願い、アルフィン。すぐに逃げて」

「ソニア！」

「ジョウ」

ソニアはジョウを呼んだ。声が、もうほとんど聞きとれないほどに弱くなった。

「ソニア、しっかりしろ！」

ジョウはソニアの耳もとに口を寄せた。

「ジョウ」

ソニアの右手の指がほんの少しだけ動いた。ジョウはその手を把《と》り、やさしく握りしめた。

「アルフィンをたいせつにするのよ」かすかに微笑み、ソニアは言った。

「あたし、あなたたちに会えて、本当によかった」

「ソニア」

アルフィンがソニアの顔に頬をすり寄せる。その肌が、ひやりと冷たい。

「アルフィン。ジョウはあなたをあ……」

ソニアのからだが小さく跳ねた。わずかにのけぞり、そして、ことりと頭を落とした。

「ソニア！」

アルフィンが叫び声をあげた。ひとりの少女の人生が、いま終わった。その生命が、この世を去った。

「ソニア」

アルフィンはわっと泣き崩れた。

ジョウは、ソニアを抱きあげ、立ちあがった。ガレオンに向かって歩く。ハッチからリッキーが顔を突きだしていた。ジョウはリッキーに言った。

「この子を〈ミネルバ〉に乗せる。宇宙葬を執《と》りおこなう」

三人は、ガレオンで〈ミネルバ〉に戻った。

〈ミネルバ〉はカインの地表に着陸していた。中に入ると、船室のあたりがひどく騒がしい。

「どうしたんだ？」

格納庫のエアロックまで迎えにでてきたタロスを見て、ジョウは訊いた。

「アルフィンに言われて、四人だった連中を救助したんです。生き残っていたのは四人きりでしたが」

「そうか」

操縦室に移動した。

操縦室にはジョウの知らない男がいた。リッキーの動力コントロールボックスにもぐりこんでいる。

「誰だ？」

「バードです」タロスが言った。

「〈アトラス〉に乗り組んでいた。縁がありましてね。ここまで一緒にやってきました」

「バード！」ジョウはその名に覚えがあった。

「親父が銀河系一の機関士だって言っていた、あのバードか」

「それほどじゃなかった機関士ですがね」バードは苦笑し、ジョウのほうへと右手を差しだした。

「とにかく、バードです」

ふたりは握手を交わした。

「ドンゴ」

ジョウは首をめぐらした。ドンゴはアルフィンに代わって、空間表示立体スクリーンに入っている。

「キャハ？」

「少し前に、ここから宇宙船が離脱したはずだ。まだレーダーの範囲内にいるか？」

「キャハ。追跡中デス。捕捉シテイマス。見失ッテハイマセン」

「上等だ」ジョウは副操縦席に着いた。

「すぐに発進する。そして、そいつを撃墜する」

低い声で、静かに言った。

6

クリスに敗北感はなかった。

たしかに、苦労して掘り抜いたサイコ・フォース・デストロイヤーの洞窟のあるカインと、三千人にのぼるエスパーたちを失うのは痛かった。

しかし、それは一時の挫折《ざせつ》だ。惨敗などではない。

もともと今度の決起は、機が完全に熟していなかった。対エスパー同盟に売られた喧嘩を、あわてて買ったようなものだ。多少のつまずきは、あって当然である。それは計算していた。

つぎの機会に、この経験を生かせばいい。

クリスは、そう思った。どうせ時間はたっぷりとある。

死は、リインカネーションを可能にしたクリスにとって、縁遠いものだ。もはや恐れるべき代物ではない。失敗しても、クリスならば、何度でもやり直しができる。アスタロッチの魂は不滅だ。

レーダースクリーンに、追尾してくる宇宙船の光点が映った。船の正体は、すぐにわかった。クラッシャージョウの〈ミネルバ〉だ。

本当にしつこい。

クリスは苦笑した。むろん、不安などはない。この宇宙船はシールドにより、〈ミネルバ〉の十倍の加速をおこなっている。すぐに追跡を振りきり、ワープできるはずだ。あの船に、ワープトレーサーは搭載されていない。

が。

クリスの目論見は、あっさりと潰《つい》えた。

行手に、数十隻の艦隊が出現した。少し前にワープアウトし、星域内に入ってきた。

テレパシーで、それが連合宇宙軍の艦隊であることをクリスは知った。どうやら、ジョウの仲間が連合宇宙軍に通報したらしい。艦隊はいざというときに備え、かなり近い宙域で待機していた。

一戦闘するしかないか。

クリスは心の中でつぶやいた。かれの宇宙船は、百メートルクラスの垂直型だ。武装は自分で設計し、搭載させた十センチブラスターと小出力のビーム砲だけである。艦隊の陣容を調べた。三百メートルクラスの重巡洋艦を主軸とした三十一隻の堂々たる大艦隊だった。重巡の主砲は、言うまでもなく、あの五十センチブラスターである。まともに勝負しては、クリスの能力をフルに使ったとしても勝てる可能性は低い。

打つ手の有無は？

自問する。

あった。ひとつの策がクリスの脳裏に浮かんだ。

クリスはレーダースクリーンに映る〈ミネルバ〉の光点と、連合宇宙軍の艦隊の光点とを交互に見た。

いいだろう。

ひとりうなずいた。これならば、やる価値がある。

クリスは宇宙船の加速を十五分の一に落とした。

「クリスの船、加速ダウン」ドンゴと交替して空間表示立体スクリーンのシートに着いていたアルフィンが、金切り声で報告した。

「あああああ。なによ、これ。すっごいダウン！」

「おかしいぞ？」タロスが首をひねった。

「こいつは、絶対に罠《わな》だ」

「罠でもなんでもかまわない」ジョウが言った。

「向こうが待っててくれるのなら、一気に追いつく。それしかない。とにかく間を詰めろ」

「了解」

タロスは肩をすくめた。

ジョウの怒りは尋常ではない。加速の差からいっても、とても追いつけそうにない相手を追えとわめき、今度は今度で、慎重さのかけらもない作戦を強行させる。ジョウが受けた拷問のことやクリスの両親の運命、ソニア絶命のいきさつなどをひとつとして耳にしていないタロスは、とまどうばかりだ。何をしてクリスがジョウをこれほど激昂させているのかが想像できない。

両者の相対距離が、見る間に詰まった。

アルフィンが、また報告をおこなう。

「1A303に艦隊。大型艦ばかり、三十一隻。クリスの船に急速接近中」

「連合宇宙軍だ」タロスが言った。

「やっときやがった」

「おまえが呼んだのか？」

ジョウが訊いた。

「バードです。あいつ、いま、連合宇宙軍にいて、先に手配をしていたようです」

「…………」

「しかし、これでクリスが加速を落とした理由がわかりやした。いくら桁違いのエスパーでも、あの艦隊相手じゃ勝ち目がない。ここはひとつ、〈ミネルバ〉を迎撃して、星域の反対側に抜けようと考えたんでしょう」

「そうかな」ジョウが言った。

「その割りには、反転も針路転換もしていない」

「そういえば、そうだ」

タロスの眉間に縦じわが寄った。

クリスの船が〈ミネルバ〉の射程内に入った。

ビーム砲とミサイルのトリガーレバーがふたつ、ゆっくりとコンソールパネルに起きあがった。ジョウはそのグリップをしっかりと握った。

「照準5B198。セット完了」

タロスが言う。

「行くぞ。クリス！」

ジョウはトリガーボタンを絞った。

ビーム砲の光条が宇宙の闇を激しく切り裂いた。ミサイルもつぎつぎと射ちだされた。

弾頭が分裂し、クリスの宇宙船に迫る。

その宇宙船が動いた。リズミカルに細かく姿勢を制御した。

光条が、あっさりとかわされる。ミサイルは逆にクリスのビーム砲で撃ち落とされた。

どちらも、宇宙船をかすめることすらない。

「ちいっ」

ジョウは舌を打った。

「弾道を読まれています」

タロスが他人事のような口調で言った。

「テレパシーを使っている」ジョウが歯嚙みをして、うなった。

「読んでいるのは弾道ではなく、こっちの心だ。一隻だけの攻撃だと、間違いなくかわされる。何隻かで一斉攻撃するしかない。いくら最強のテレパスでも、何十人という数の思考すべてを瞬時に読むことはできない」

「じゃあ」

「艦隊と遭遇するまで、つかず離れず攻撃を続行」ジョウは言を継いだ。

「連合宇宙軍と共闘して、やつを討つ」

戦法が変わった。タロスがジョウの意を受け、〈ミネルバ〉を操った。クリスの船と〈ミネルバ〉の二隻は、花にたわむれる蝶のように動きはじめた。だが、クリスの操船は常軌を逸している。タロスといえども、先手がとれない。めまぐるしい方向転換。急変する加速。〈ミネルバ〉は翻弄《ほんろう》された。引き離されないようにするのが、精いっぱいだ。攻撃どころではない。

しかし。

不思議に、クリスが反撃をしてこない。

「どういうことだよ？」

リッキーがあきれたように言った。逃げるだけでは、勝てない。はさみ討ちされかけているのだ。常識があれば、必ず〈ミネルバ〉相手に仕掛けてくる。それがセオリーだ。

「攪乱《かくらん》だけが目的とは思えない」

ジョウが言った。

「あいつ、きっと何か企んでますぜ」

タロスは不信感をあらわにしている。

「連合宇宙軍、攻撃可能域に突入」

アルフィンが言った。

「よし。攻撃依頼を送信」

ジョウが通信機のスイッチを入れた。

その直後だった。

「クリスの船、加速上昇！」アルフィンが叫んだ。

「艦隊の中に突入する」

「なに？」

ジョウとタロスが同時に目を剝いた。

アルフィンの言葉どおりだ。クリスの船がいきなり高加速状態に移った。まっすぐに艦隊へと突っこんでいく。彼我《ひが》の距離があっという間に縮んだ。自殺行為としか思えない動きである。

「タロス、加速百四十パーセント」ジョウが指示を発した。

「アルフィン、俺の代わりに攻撃依頼を送信」

ジョウはトリガーレバーを強く握り直した。

「逃がさねえ。絶対に逃がさねえ」

つぶやくように言う。

クリスの宇宙船は加速二百五十パーセントをはるかに超えていた。通常ではあり得ない加速である。もちろん、連合宇宙軍も、この加速はまったく予想していなかった。そのために虚を衝《つ》かれ、戦闘態勢が完全にととのわないうちに、クリスの宇宙船は艦隊のただ中にするりと飛びこんでいた。

「野郎！」

ジョウが吼える。

慣性中和機構の限界を超えるGも、構造材のあげる悲鳴もなんのその。〈ミネルバ〉はひたすらに加速し、クリスのあとを追った。

と、そのとき。

意外なことが起きた。

連合宇宙軍の艦隊が〈ミネルバ〉を狙い、五十センチブラスターを発射した。

青白い火球がほとばしり、正面から〈ミネルバ〉に飛来する。その炎が、〈ミネルバ〉の外鈑《がいはん》を連続して擦過《さっか》する。

「何しやがる！」

ジョウが怒鳴った。〈ミネルバ〉が艦隊の敵ではないことはとっくに伝わっている。にもかかわらず、撃ってきた。味方を攻撃するとは、馬鹿も極まっている。

「クリスよ」アルフィンが甲高く言った。

「クリスの暗示。艦隊の人間が操られている」

「そうか」ジョウは愕然となった。

「それがあいつの策か」

「ふざけやがって」

タロスが必死で操船レバーを握る。

「艦隊間をすりぬけて前にでろ。タロス」ジョウはメインスクリーンを指差した。

「同士討ちの隙に、あいつはワープ可能域にでる気だ」

「くっそう」

タロスは悪態をついた。テレパシーによる思考操作で、連合宇宙軍の艦船は混乱状態に陥った。疑心暗鬼になり、敵味方の区別がつかなくなっている。艦隊間のすりぬけなど、とてもできるものではない。

「ジョウ」アルフィンが言った。

「カインが！」

サブスクリーンに惑星カインの映像が入っていた。ジョウはそちらに視線を向けた。

カインの形状が一変している。白く輝き、光のボールのようになって膨張を開始している。

「分子爆弾だ」

リッキーが言った。

「まずい」ジョウははっとなった。

「カインがなくなったら、星域が小さくなる」

スクリーンのカインは、もう光を失いはじめていた。分子爆弾が中心で作動した惑星は一瞬のうちに分子間結合を解かれ、ガス体になる。質量が拡散し、星域の範囲に影響がでる。

「巡洋艦にコンタクト」ジョウはアルフィンに向かって叫んだ。

「ワープトレーサーだ。オンにしろ。クリスはここからワープする」

カインという巨大質量がなくなれば、この距離でも十分にワープが可能になる。これまでの星域外縁まで行く必要はどこにもない。クリスの企図は、そこにあった。

「だめ。反応なし」

アルフィンが言った。艦隊が応答してこない。混乱がつづいている。

メインスクリーンにクリスの宇宙船が映っていた。すでにその輪郭が虚空に溶けこもうとしている。形状が判然としない。

「ちくしょう」

ジョウは両の拳で、コンソールを殴りつけた。誰の仇《かたき》も討つことができなかった。そのくやしさが、木枯しのようにからだじゅうを吹き抜ける。

「宇宙軍から通信」アルフィンが言った。

「何があったのか、訊いてるわ」

「帰って寝ろ、と言え！」

ジョウは吐き捨てるように答えた。

「やられたぜ」

操縦席では、タロスがぐったりとしていた。

「悪魔をついに、逃がしちまった」ジョウはうつろな声で言った。

「暗黒邪神教は、また復活してくる」

「そうですな」タロスがうなずいた。

「対エスパー同盟も、その母体はつぶれちゃいません」

「ひでえ仕事になった」

小さくつぶやき、ジョウはカインのあった空間に目を移した。

ガス化したカインの姿は、もうどこにもない。

そこにあるのは、漆黒の闇だけであった。

本書は２００１年11月に朝日ソノラマより刊行された改訂版を加筆・修正したものです。

ダーティペア・シリーズ／高千穂遙

ダーティペアの大復活

ユリとケイが冷凍睡眠から目覚めたら大変なことが。宇宙の危機を救え、ダーティペア！

ダーティペアの大征服

ヒロイックファンタジーの世界を実現させたテーマパークに、ユリとケイが潜入捜査だ！

ダーティペアFLASH 1 天使の憂鬱

ユリとケイが邪悪な意志生命体を追って学園に潜入。大人気シリーズが新設定で新登場！

ダーティペアFLASH 2 天使の微笑

学園での特務任務中のユリとケイだが、恒例の修学旅行のさなか、新たな妖魔が出現する

ダーティペアFLASH 3 天使の悪戯

ユリとケイは、飛行訓練中に、船籍不明の戦闘機の襲撃を受け、絶体絶命の大ピンチに！

星界の戦旗／森岡浩之

星界の戦旗Ⅰ―絆のかたち―

アーヴ帝国と〈人類統合体〉の激突は、宇宙規模の戦闘へ！『星界の紋章』の続篇開幕。

星界の戦旗Ⅱ―守るべきもの―

人類統合体を制圧せよ！ラフィールはジントとともに、惑星ロブナスⅡに向かったが。

星界の戦旗Ⅲ―家族の食卓―

王女ラフィールと共に、生まれ故郷の惑星マーティンへ向かったジントの驚くべき冒険！

星界の戦旗Ⅳ―軋《きし》む時空―

軍へ復帰したラフィールとジント。ふたりが乗り組む襲撃艦が目指す、次なる戦場とは？

星界の戦旗ナビゲーションブック

早川書房編集部編

『紋章』から『戦旗』へ。アニメ星界シリーズの針路を明らかにする！カラー口絵48頁

著者略歴　1951年生，法政大学社会学部卒，作家　著書『ダーティペアの大冒険』『ダーティペアの大復活』『ダーティペアの大征服』（以上早川書房刊）他多数

HM=Hayakawa Mystery
SF=Science Fiction
JA=Japanese Author
NV=Novel
NF=Nonfiction
FT=Fantasy

クラッシャージョウ④
暗黒邪神教《あんこくじゃしんきょう》の洞窟《どうくつ》

〈JA942〉

二〇〇八年十一月二十日　印刷
二〇〇八年十一月二十五日　発行

（定価はカバーに表示してあります）

著者　高《たか》千《ち》穂《ほ》遙《はるか》
発行者　早川浩
印刷者　矢部一憲
発行所　株式会社早川書房

郵便番号　一〇一 - 〇〇四六
東京都千代田区神田多町二ノ二
電話　〇三 - 三二五二 - 三一一一（大代表）
振替　〇〇一六〇 - 三 - 四七七九九
http://www.hayakawa-online.co.jp

乱丁・落丁本は小社制作部宛お送り下さい。
送料小社負担にてお取りかえいたします。

印刷・三松堂印刷株式会社　製本・株式会社明光社

ISBN978-4-15-030942-8 C0193